皇帝の薬膳妃

白虎の后と桜の恋慕

尾道理子

角川文庫
24172

目次

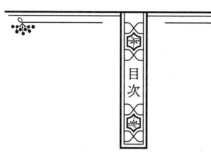

用語解説と主な登場人物

伍尭國《ごぎょうこく》

麒麟の都を中央に置き、北に**玄武**、南に**朱雀**、東に**青龍**、西に**白虎**の**五つの都**を持つ五行思想の国。

四公《しこう》

東西南北それぞれの地を治める領主。重臣として国の政治中枢にも関わる。

玄武《げんぶ》……医術で栄える北の都。

- **董胡《とうこ》**　性別を偽り医師を目指す少女。「人の欲する味が五色の光で視える」という力を持つ。
- **鼓濤《ことう》**　董胡と同一人物。玄武の姫として皇帝に輿入れする。
- **卜殷《ぼくいん》**　かつて小さな治療院を営んでいた医師。董胡の親代わりであり師匠。
- **楊庵《ようあん》**　董胡の兄弟子。先輩医師の偵徳《ていとく》と共に、董胡を捜して王宮に潜入する。
- **玄武公 亀氏《きし》**　玄武の領主。絶大な財力で国の政治的実権をも握る。
- **濤麗《とうれい》**　董胡の母。故人。
- **王琳《おうりん》**　董胡の侍女頭。厳しいが有能。
- **茶民《ちゃみん》**　董胡の侍女。貯金が生き甲斐《がい》。
- **壇々《だんだん》**　董胡の侍女。食いしん坊。
- **尊武《そんぶ》**　玄武公の嫡男。不気味な存在。

麒麟《きりん》……皇帝の住まう中央の都。国の統治組織を備えた王宮を有する。また、天術を司る皇帝の血筋の者も「麒麟」と呼ばれる。

・**黎司《れいし》** 現皇帝。うつけの乱暴者と噂される。

・**奏優《そうゆう》** 黎司の侍女頭。黎司を深く信奉している。

白虎《びゃっこ》……商術で栄える西の都。

・**白虎公 虎氏《こし》** 白虎の領主。玄武公と結託し、私腹を肥やす。

・**雪白《ゆきしろ》** 儚げで色気のある美しい后。虎氏の養女として皇帝に嫁いだ。

・**帰莎《きしゃ》** 雪白の侍女頭。后宮のすべてを取り仕切る。

朱雀《すざく》……芸術で栄える南の都。

・**朱雀公 鳳氏《ほうし》** 妓楼を営み隠居生活をしていたが、兄が病に倒れたため、朱雀公に。

・**朱璃《しゅり》** 父の妓楼で芸団を楽しんでいたが、朱雀の姫として皇帝の后に。

・**禰古《ねこ》** 朱璃の侍女頭。朱璃のことが大好き。

青龍《せいりゅう》……武術で栄える東の都。

・**青龍公 龍氏《りゅうし》** 青龍の領主。色黒で武術に長け、計算高く腹黒い。

・**翠蓮《すいれん》** 色白でほっそりした美姫。病に臥せっていたところを董胡に救われる。

序

薬膳《やくぜん》料理を作ることが好きな平民育ちの董胡《とうこ》は、成り行きで皇帝の一の后《きさき》・鼓濤《ことう》と、男装の后付き専属薬膳師の二役をこなしながら王宮で暮らしていた。

五年前に出会った皇帝・黎司《れいし》はそんな董胡のことを男子と思い込み、董胡もまた素性のはっきりしない自分のことを正直に話せないままでいた。

そんな時、董胡の二役に気付いた異母兄の尊武《そんぶ》に半ば脅されるようにして、特使団の一員として青龍《せいりゅう》の地に行くことになってしまう。

宿敵ともいえる尊武の弱みを探ろうと、使部《つかいべ》として得意の料理を作りながら共に過ごす董胡だが、冷酷でつかみどころのない彼に翻弄《ほんろう》されるばかりだった。

さらには青龍の東に住む高原の民、ロー族に攫《さら》われるという失態を犯してしまう。

そこで族長の息子の謎の病を治すように言われ、見たこともない症例に困惑する。

しかしシャーマンの力が芽生え始めた少年・カザルの力を借りて解決に向かう。

しかもその山奥で、行方知れずになっていた育ての親、卜殷《ぼくいん》と再会できた。

そうして卜殷から自分の生い立ちの秘密を聞き、さらに詳しい事情を知る白龍《はくりゅう》と呼ばれる麒麟《きりん》の医官の存在を知らされる。

やがて腹を立てながらも助けに来てくれた尊武と共に、無事に王宮に戻ることができた董胡。

しかし、なんとか危機を乗り越えたと思ったのもつかの間、今度は白虎《びゃっこ》の后宮《きさきぐう》で新たな騒動が持ち上がろうとしていた。

一、厩舎の青驪馬《せいりようば》

ここはどこだろう。

黎司は薄闇の中で目を凝らした。

吊《つ》り燈籠《どうろう》でほのかに照らされた格子窓も柱も、手の込んだ飾り彫りがされている。

ずいぶん贅沢《ぜいたく》で典雅な住まいのように思えた。

目の前の戸口は開いていて、誘われるように中に入っていく。

すぐに足元の鮮やかな紫が目に入った。

「花びらか……」

床一面に紫の花びらが散り敷かれていた。そしてその先に……。

大きな扇を開いて顔を隠したまま座る、艶《あで》やかな衣装の姫君の姿が見えた。

燃えるような真っ赤な着物に紫の花が鏤《ちりば》められ、高く結い上げた髪には玉飾りの垂れた歩揺《ほよう》がいくつも連なっている。

姫君の両脇に置かれた飾り燈籠が、その幽玄な姿をぼんやりと映し出していた。

「妓女《ぎじよ》……？」

それも相当高位の妓女だ。

皇帝という立場ゆえ妓楼に足を踏み入れたことはないが、絵巻でなら見たことがある。おそらく朱雀《すざく》で上楼君《じょうろうくん》と呼ばれる最上位の妓女の装いに違いない。

なぜこんなところにいるのか。

なにゆえ自分は妓女と対面しているのか。

そんな疑問よりも、目の前の妓女への好奇心が掻《か》き立てられる。

上楼君と呼ばれるほどの女性とは、どれほどの美女なのか。

黎司とて、美しい女性に興味がないわけではない。

「そなたは……誰だ？」

好奇心の赴くままに、一歩二歩と近付いていく。それに連動するように鼓動が高鳴る。

顔を見たい。けれど見てはいけない気がする。

しかし好奇心が勝った。

姫君の扇に手をかけ、開いた扇をそっと閉じていく。

ぱたぱたと閉じられていく扇と反対に、姫君の顔があらわになっていく。

ふっくらと初々しい頰。白く艶《なま》めかしい首筋。

小ぶりながら通った鼻筋。赤い紅で形よく整えられた唇。そして。

「!!」

こちらを真っ直ぐ見つめる凜《りん》とした大きな瞳《ひとみ》。

その美しさに衝撃を受けたのか、それとも……。

それがよく知っている顔だから驚いたのか。

「董胡……」

口に出すと同時に心の中で否定する。

いや、違う。これは董胡ではない。董胡であるはずがない。

「レイシ……さま……」

その紅《あか》い唇が、いつものように自分の名を呼ぶ。

その瞬間、えもいわれぬ恍惚《こうこつ》が体を貫いた。

「董胡……」

そしてがばりと起き上がった。

「はっ！　ここは……」

気付けばそこは、皇帝の寝所だった。

「夢……。夢を見ていたのか。なんという突拍子もない夢を……」

なぜ突然こんな夢を見たのか自分でも分からない。

「そういえば……董胡は朱雀の密偵として妓楼に入り込んだ時、妓女に扮《ふん》して活躍したと聞いたが……。あれは本当にその時の董胡の姿なのか……」

だがどうして今頃になってその時の夢を……。

「もしかして……」

たった一つ、思い当たるふしがある。

最初は小さな違和感だったものが、時間が経つにつれ心の中で膨らんでいた。

「お目覚めですか？　陛下」

考え込む黎司の許《もと》に側近神官の翠明《すいめい》が姿を現した。

「こんな時間まで寝ておられるとは珍しいですね。心配した侍女に様子を見てきて欲しいと頼まれました」

「ああ……。午前は公務がなかっただろう？」

特使団が戻ってから後処理と重臣との謁見などで激務が続いていた。

今日は久しぶりにゆっくりできると気持ちが緩んだせいで、あんな夢を見たのかもしれない。そしてふと思いついた。

「そうだ。翠明、ちょっと私の胸に飛び込んできてくれないか？」

「は？」

黎司は布団から立ち上がると、両手を広げて翠明を迎え入れる姿勢になっていた。

「え？　あ、あの……陛下……。そ、それはちょっと……」

翠明は三日月の目を丸くして青ざめる。

「私に抱きついてみてくれ。遠慮はいらぬ」

「い、いえ……。ど、どうかお許しを……。そ、それだけは……」

「なにを誤解しているのだ。ちょっと確かめたいことがあるだけだ」

「確かめたいこと？」

翠明は怪しみながらも、渋々黎司の体をそっと抱き締めた。

その翠明を黎司は力いっぱいぎゅっと抱き締める。

「………………」

そのまま考え込む黎司に、翠明は三日月の目を深刻に歪《ゆが》めた。

「やはり違うな……」

やがて気が済むと、引き離した翠明の胸元を確かめるようにぽんぽんと手を当てて、また考え込んだ。

「陛下!!　申し訳ございませんでした！」

突然ひれ伏して謝る翠明に、黎司は首を傾げた。

「なんだ？　何を謝っている、翠明」

「考えてみれば陛下は四人のお后様を迎えられたものの、四家の思惑が分からぬうちは充分に警戒して当たり障りなく過ごされるようにと私が申し上げました。されどそれは若い陛下にとっては、美しい姫君達を前にお辛《つら》い日々であったことでございましょう」

「うむ？　何が言いたいのだ？　翠明」

「侍女頭の奏優《そうゆう》からも何度も進言をされていました。一の后様に問題があるのならば、陛下の心が休まる良き姫君を探してみてはどうかと。されどその度、事件が持ち上がるためつい後回しにしておりましたが……やはり早急に探しましょう」

「…………」

黎司はなぜそういう話になったのかと腕を組んで無言のまま考えた。

「どなたか気になっている女性はおりませんか？　お側にいる侍女の中から選ぶこともできます。陛下の侍女は、みんな二の后に取り立てても問題のない由緒正しき家柄の者ばかりでございます。侍女の中にいないとなれば、好みを教えてくださいませ。この翠明が、都中を回って探して参りましょう。さあ、遠慮なく……」

「いや、待て。待て、翠明。勘違いするな。欲求不満で男色に走っているわけではない」

ようやく翠明の心配している意味を理解した。

「え？　違うのでございますか？」

「違う。ん？　いや……そうなのか？」

「え？」

翠明が不安な顔で再び黎司を見つめる。

「あ、いや。心配するな。そなたに邪《よこしま》な気持ちなどさらさらないぞ」

「では……誰にあるのでございますか？　側仕えの神官ですか？」

翠明は悲愴《ひそう》な表情で問い詰めた。

「いや、違うのだ。そんな深刻なものではない。ただ……先日私が突然現れた龍《りゅう》に乗って董胡の許に飛んでいったという話をしただろう？」

「ええ。それは現実のことなのか、董胡に確かめてみたいと思っていましたが……」

董胡以外の目撃者である尊武は、議会の場でも、その後の謁見でも、まるでなかったことのようにその話に触れてこない。

皇帝の天術がそこまでの域に達したのだと広めたくないのか、あの時尊武が黎司を斬り付けた無礼を公《おおやけ》にされたくないのか、それともただ単にどうでもいいのか……。

報告書にも、黎司が高原に現れた部分は書かれていなかった。

黎司としても、不確かな力を誇示する気もなく、あえて誰かに言うつもりもなかった。

「高原で……董胡があまりにも頼りなげで、今にも泣き崩《くず》れそうな顔をしていたので、私はつい子供に接するように『おいで』と手を広げたのだ」

弟宮の翔司《しょうし》がまだ幼かった頃、よくそうやって抱き締めてやっていた。

「危うく殺されそうになっていたのですから、よほど恐ろしかったのでしょう」

翠明は肯《うなず》いた。

「うむ。董胡は私の腕の中に飛び込んできて泣きじゃくっていた。私は安心させるために、強く抱き締め、背中をさすってやった」

「はい」

翠明には一度その時の様子を話していた。

皇帝としては、安易に人を懐に呼び込むなど危機管理が足りないと言われそうだが、人としてはごく自然な出来事のように思える。

「命の恩人の董胡ならば、陛下のそのような行動も許容しましょう。それが何か問題があるのでございますか？」

　翠明は首を傾げた。

「問題というか……、妙にしっくりすることが気になるのだ」

　黎司は自分の両手を見つめながら答えた。

「しっくりする？」

「菫胡を安心させるために抱き締めたつもりが、私の方が安らぎを感じたのだ」

「安らぎ？」

「まるでそれがすべての正解であるかのように、菫胡が腕の中にいることに安堵《あんど》した。私自身がひどく満たされたのだ。不思議なほどに」

　あの気持ちは何だったのだろうかと、日が経つごとに疑問が大きくなる。

　そして妙なことに気付いた。

「あれほど華奢《きゃしゃ》で痩《や》せている菫胡ならば、骨ばっていそうなものだが、不思議に胸板の固さすら感じなかった。まあ、分厚い袍《ほう》服と毛皮のようなものまで着ていたから、そのせいかもしれないのだが」

「それで私に抱きついてくれなどと……？」

「うむ。長身だが痩せているそなたと比べてみたらどうかと思ったのだが……。そなたは思ったより筋肉質だな。胸板の硬さもあるが、ごつごつしていて安らぎどころか、負けたような気がして不愉快ですらあるな」

黎司は少し不機嫌な様子で翠明を睨《にら》んだ。

「す、すみません……」

思わぬ言いがかりをつけられて、気の毒な翠明はしょんぼりと謝る。

「しかしこんなことを考えていたから、あんな変な夢を見たのだな」

「変な夢？」

翠明は気を取り直して聞き返した。

「うむ。董胡が妓女に扮《ふん》していた夢で……」

「董胡が女装している夢を見たのですか？」

妓女姿の董胡を思い浮かべると、恍惚《こうこつ》の余韻がよみがえってくる。

思い出すだけで胸が高鳴るほどに似合い過ぎていた。

「………」

考え込む黎司を見て、翠明の三日月の目がじとりと細まっている。

「あ、いや、別に董胡にやましい気持ちを持っているわけではない。だがまあ……夢の中の董胡は目も眩《くら》むほどの美しい妓女ではあったが……」

つい本音がこぼれ落ちる。

「あ、違う！　違うぞ、翠明!!　勘違いするな！」

あわてて弁解したものの、翠明の疑惑を拭《ぬぐ》うことはできなかった。

「わかりました。早急に陛下のお心に添う『姫君』を探すことに致しましょう」

翠明は姫君という言葉に特に力を込めて告げた。

「いや、頼んでいない。そういうことではないのだ、翠明」

「どうぞ私にお任せを……」

もはや何を言っても翠明の決心は変わらぬようだった。

◆

菫胡は医官姿で兵部局《ひょうぶ》を訪ねていた。

兵部局は青龍の管轄部署で、后宮から内濠《うちぼり》を渡った橋向こうに二階建ての局舎がある。主に軍事に関する仕事を束ねている場所だ。

一部は皇帝の持つ黄軍《こうぐん》の兵舎にもなっていて、将軍には個室が与えられている。

黄軍の武官達は黄色の武官服を着ているのだが、それ以外の文官は薄青色の袍服を着ていたので、宮内《くない》局の紫の袍服を着ている菫胡をみんな珍しそうに見ていく。

宮内局の者があまり訪ねてくる場所ではないのだ。

「お待ちしていました、菫胡殿」

兵舎の横に付属している厩舎《きゅうしゃ》の前で、黄軍の空丞《くうじょう》将軍が気持ちの良い笑顔で立っていた。相変わらず見上げるほど大きい。

「空丞様。お久しぶりです。青龍ではお世話になりました」

「いいえ。お元気そうで良かった。あの後、尊武様の牛車《ぎっしゃ》に乗られて無事だっただろうかと心配しておりました」

空丞には高原からの帰り道に尊武に蹴《け》り落とされそうになる董胡を、何度も救ってもらった。だが尊武の牛車まで一緒に乗るわけにもいかず、心配してくれていたようだ。

「ええ。なんとか……。途中の宿で料理を作ってからは多少機嫌も直ったようで……」

式神《しきがみ》侍女達が守ってくれたのもあるが、董胡が宿の厨房《ちゅうぼう》を借りて饅頭《まんじゅう》を作ると、その後は蹴られそうになることはなかった。

「尊武様はよほど董胡殿の料理が気に入っておられるのでしょうね。董胡殿が攫《さら》われて一番腹を立てておられたのは料理が口に合わないことだったようですし」

なんだか想像がつく。芽《め》花椰《はなや》菜《さい》と鶏肉《とりにく》を前に怒り心頭だったに違いない。

「空丞様や黄軍や青軍《せいぐん》の皆様にもご迷惑をかけました」

「いいえ。おかげで幻の部族と呼ばれるロー族とのつながりも持てて、青鬣馬《せいりようば》まで手に入れたのですから。これは凄《すご》いことですよ。特使団に随行しなかった者達も青鬣馬の噂を聞きつけて、この厩舎に見物に来る者が絶えないようです。先日は青龍公までも見に来られたそうで」

「そんなに凄い馬なのですね。私は馬には疎くて知りませんでした」

董胡がロー族の子息の病を治した礼としてもらった青鬣馬は、高原まで助けにきた尊武のものとなり、その後、皇帝に献上されてこの黄軍の厩舎で育てられている。

「今日は人払いをしておりますので、どうぞゆっくり馬をご覧ください」

空丞は厩舎の扉を開いて、董胡に中に入るよう手で示した。

彼は警備のためこの場に残るらしい。

「ありがとうございます。ではお邪魔します」

今日は、青鬣馬の様子を見に来ないかと誘ってもらったのだ。

厩舎の中は広々としていて、両側に一頭ずつ馬が囲われた木柵《もくさく》がずらりと並んでいる。

いくつか木柵の上から馬が精悍《せいかん》な鼻先を出していた。

その一番奥に、木柵を覗《のぞ》き込んで立つ二人の姿が見える。黎司と翠明だった。

董胡は慌てて拝座《はいざ》の姿勢になって顔を伏せた。

「董胡。来たか。面倒な作法はいいから、こっちに来るがよい」

「は、はい！」

董胡は立ち上がって、二人の許《もと》へ駆けて行く。

青鬣馬を見に来ないかと誘ってくれたのは、黎司だった。

馬を献上されて、現在の持ち主は黎司なのだ。

黎司は激務の合間を縫って、時々様子を見に来ているらしい。

「見よ。青鬣馬はこんなに大きくなったぞ」

黎司の前にある木柵の中には、青い鬣《たてがみ》の可愛い仔馬《こうま》が大きな瞳《ひとみ》でこちらを見ていた。

「わあ！　ほんとだ！　大きくなったね！」

菫胡が声をかけると仔馬は嬉《うれ》しそうにこちらに近付いてきた。

「鬣もすっかり青くなって、顔つきも大人っぽくなったね。よしよし」

菫胡は柵の上から手を伸ばし、青鬣馬を撫《な》でた。

青鬣馬は菫胡を覚えていたのか、その手にすりすりと頬ずりしてくる。

「可愛い……」

その時突然、仔馬の鬣を撫でる菫胡の手に黎司の手が上から重なった。

「え？」

驚いて黎司を見上げると、菫胡の手を取ってまじまじと見つめている。

「な、なんですか？」

「いや……。指が細すぎないか？　そなたは全体に華奢過ぎるようだな」

菫胡はぎくっとして手を引っ込めた。

「そ、そうですか？　私は小柄なので……」

「もう少し鍛えた方がよいな。筋肉が足りないようだぞ。たとえばその……」

黎司は翠明にやったように菫胡の胸板をぽんぽんと叩《たた》こうと手を伸ばしたが……。

「うおっほん」という翠明らしくない咳払《せきばら》いに驚いて、慌てて手を戻した。

じとりと三日月の目が非難を浮かべて黎司を睨んでいる。

「い、いや……なんでもない。この馬はそなたによく慣れているようだな」

誤魔化すように言って、再び菫胡を見つめた。

董胡は話が変わったことにほっとして「はい」と肯《うなず》く。

今日はやけに黎司に見つめられているような気がして落ち着かない。

自意識過剰だろうと視線をやると、まだ食い入るようにこちらを見つめていた。

「な、なにか？」

戸惑いながら尋ねると、黎司はするりと視線をそらして告げる。

「いや。こうやって実際に会うのは、青龍に行く前以来だな、董胡。約束通り無事に戻ってきて本当に良かった」

「高原の地では危ないところを助けて下さってありがとうございます」

董胡は改めて深い感謝を込めて頭を下げた。

「ではやはり私がそなたの許に現れたのは夢ではなかったのだな」

「はい。もちろんです。レイシ様がいなければ、私は偽エジドに斬られて死んでいたことでしょう。必ず戻るという約束を果たせぬところでした」

光の粒を集めるようにして現れた黎司によって確かに助けられた。

横で聞いていた翠明は、まだ半信半疑のまま尋ねた。

「では本当に高原に陛下が現れ、実体を伴って敵の剣を防いだのですか？」

「はい。偽エジドはレイシ様がローの神の化身だと思ったようです。龍《りゅう》に乗って去っていかれるレイシ様は本当に天人のようでした」

今思い返しても、神々しい姿だった。

「そうだ！　これをお返ししようと思って持ってきたのです」

董胡は懐から薬包紙に包んでいた髪の束を取り出した。

恐れ多くも黎司自身が式神になるために持たせてくれた髪だ。

この髪のおかげで黎司は龍に乗って董胡の前に現れることができたのかもしれない。

「レイシ様の大切な髪を切ってまで……本当にありがとうございました」

董胡が頭を下げて差し出すと、黎司はその手を包み込んで押し戻した。

「え？」

董胡は驚いて顔を上げる。

「これはそなたが持っているがいい。この髪がそなたの危機を私に知らせ、そなたの許へ導いてくれるのなら……持っていて欲しい」

「レイシ様……」

妙に真剣な目で見つめられ、董胡は思わず俯《うつむ》いた。今日はやっぱり落ち着かない。

「で、ですが帝《みかど》の髪をいただくなど恐れ多いことは……」

さすがに身に余る申し出だ。

「少し落ち着いたら、もう一度試してみたいとも思っているのだ。一度つながったそなたとなら、再びつながれるような気がする。だから持っていてくれ。頼む」

そうまで言われると返すこともできないまま、董胡は恐縮しながら再び黎司の髪を懐にしまった。

「でもまた天術をお使いになるのですか？　お体に負担はないのでしょうか？」

式神侍女になった茶民《ちゃみん》と壇々《だんだん》は、帰ってからもしばらく眠り続けていた。

「初代創司《そうし》帝は龍に乗っていたかどうかは分からぬが、日常的に使っていた天術のようだ。できることなら私も自在に扱えるようになりたい」

二人の会話を聞きながら、翠明はまだ信じられない様子で口を開いた。

「しかし創司帝でも龍を操るなどという記述は見当たりませんでした。本当に陛下は龍に乗って現れたのですか？　私はまだ信じられません」

「尊武様も龍の姿は見ているはずですが……」

尊武に聞いていないのかと董胡は首を傾げた。

「尊武はなかったことのように、その話を誰にも言ってないようだ」

「尊武様が？　それは……きっと……」

皇帝を斬り捨てようとしたことを責められたくないからだろう。

敵と間違えたなどと言っても、皇帝に刃《やいば》を向けたと知られればただでは済まない。

むくむくと、青龍での尊武の悪態の数々が頭に思い浮かぶ。

「そうです！　その尊武様のことを今日はレイシ様に伝えなければと思って参りました」

尊武の異母妹の鼓濤としてではなく、董胡として話せる今日こそは彼の悪事を洗いざらい黎司にぶちまけてやるつもりだ。

忠臣ぶっている化けの皮を剝《は》がして、黎司に充分警戒してもらわなければならない。

「うむ。聞かせてくれ。本当は一番にそなたの話が聞きたかったのだ」

翠明も黎司の隣で肯いた。

董胡は鼓濤に関すること以外、特使団で起こったことを黎司に話して聞かせた。

尊武がどれほど冷酷で、どのような裁可を下し、どんな思考の持ち主なのか。

ただ……今現在は皇帝に従うつもりであるらしいことも話した。

多少の私情は混じったかもしれないが、なるべくありのままに話したつもりだ。

ただし高原に現れた黎司を、皇帝と分かっていながら斬り捨てようとしたことだけは言うべきか迷っていた。

そんなことを聞いてしまったら、さすがに側近の翠明が黙っていないだろう。

事を荒立てたくない黎司も、なんらかの処分を与えなければ済まなくなる。

それはどちらにとっても良くないことのような気がしていた。

だがそこを保留にしたとしても、尊武の危険性は充分伝わったはずだ。

やがてすべてを聞き終えると、二人はしばし無言で考え込んだ。

「ひどいでしょう？　尊武様は最初から雲埆寮《うんかく》の医師達を死罪にするつもりしかなかったのです。雲埆殿を信奉する医生達も根こそぎ死罪になったのです」

董胡が高原から戻った時には、すでに刑は執行されていた。

拓生《たくせい》は斬られて死にかけ、董胡は高原に攫《さら》われて、その混乱のうちにすべては終わってしまっていた。

高原に攫われていなければ、医生を救う手立てがあったのではないかと悔しい。その場に自分がいたならば……と黎司も悔やんでくれると思っていた。だが……。

「残念だが……尊武は正しい。彼は特使団の団長として、正しく任務を遂行したのだ、董胡」

黎司は信じられないことに尊武の肩を持った。

「え？　でも……尊武様が罪を犯すように煽《あお》ったようなものなのですよ？」

まさか慈悲深い黎司が尊武の味方をするとは思わなかった。

「確かに……尊武のやり方は悪辣《あくらつ》ではあったかもしれない。多くの若い命を失ってしまったことは残念だ。だが、乱れきって腐りきった青龍の医術をここで厳しく正さなければ、混乱はますます長引くことだろう。そうして正しい医術を受けられず救われるべき善良な命がそれ以上に奪われていくのだ。長引くほどにその犠牲は増えるだろう」

「それはそうですが……。なにも死罪にしなくとも……」

「それが青龍の法なのだ。董胡」

「青龍の法？」

黎司は肯いた。

「青龍は敵国と接するゆえに平民もすべて帯刀を許されている。いざとなれば貴族も平民も刀剣を持って戦わねばならないからな。だが許されているからといって、無法者が気に入らないことがあるからとあちこちで剣を抜いて暴れては大変なことになる。それゆえに、刀剣の扱いに関しては特に厳しい法が定められている。彼らは、その法に照らし合わせてみると、充分に死罪になる要件を満たしているのだ」

「死罪になる要件？　私は斬られそうにはなりましたが斬られてはいないのに？」

董胡はそれでもまだ納得できなかった。

「そなたは皇帝の特使団の一員だ。それはつまり皇帝の意向を受けている者だ。そなたに剣を向けるということは皇帝に剣を向けることに等しい」

「皇帝に……」

董胡は特使団の一員になったと同時に皇帝の使いになったのだ。

「それだけでも死罪だが、調べれば医生達も皆、雲埆寮で不正に免状を受けようとしていた者ばかりだ。叩《たた》けばいくらでも埃《ほこり》が出るから、雲埆寮の解散に反対だったのだ」

「…………」

なんて非道な、と思ったけれど、すべて尊武が正しかったのだ。

青龍の法すら知らなかった自分が口出しできることではなかった。

しょんぼりと俯く董胡だったが、黎司は「だが……」と続けた。

「法などというものは大昔の権力者が自分に都合良く作ったものだ。私はすべて正しいなどと思ってはいない。それはおかしいと声を上げる者がいてもいいし、おかしいと思えばその都度変えていくべきものだとも思っている」

「え？」

　菫胡は驚いて顔を上げた。

「青龍の法にしてもそなたに剣を向けたのが貴族であれば、まったく別の刑がくだされたことだろう。貴族は平民を殺しても謹慎程度の刑だ。不公平と理不尽だらけだ」

「そんなに違うのですか？」

　菫胡は、平民時代は貴族に出会うこともほとんどなく、麒麟寮で実習生になって初めて貴族医生達と関わるようになった。思い返してみれば、理不尽なことは確かに多かった気がする。玄武《げんぶ》公の次男である雄武《ゆうぶ》に逆らえる者は誰もいなかった。

　玄武公や尊武のように人の命を虫けらのように扱う貴族は稀《まれ》に見る悪人だと思っていたが、平民に対する貴族の良心とはあの程度が普通なのかもしれない。

「私自身も五年前、そなたと出会うまではそんな法に疑問を抱かぬままに暮らしていた」

「レイシ様も？」

　そういえば最初はずいぶん横暴で身勝手な貴人だと思ったっけ。

「皇宮などに住んでいれば、平民を目にする機会などほとんどない。貴族以外を知らぬのだ。高い地位にあるものほど平民を知らない。平民は貴族よりも知識も人格も低く、粗雑で乱暴で、獣を扱うように厳しく取り締まらねばならぬ者だと教えられている。そんな貴族達が都合良く作った法など平等であるはずもない」

　平民も貴族も知っている菫胡からすれば、どちらも同じ人に違いないのに。

　むしろ人によっては貴族の方がずっと人格が低く残酷なように思えるのに。

「その法は変えられないのですか？」

意気込んで尋ねる董胡に、黎司は困ったように微笑んだ。

「ふ……。五年前も思ったが……私にそんなことを尋ねる者は、伍尭國中《ごぎょうこく》を探してもそなたぐらいだろうな」

そういえば五年前も、黎司が皇太子と知らずに誰もが夢を叶《かな》えられるような世にして欲しいと無茶なお願いをしたのだった。

「す、すみません」

恐縮して謝った。

「いや、良いのだ。それで良いのだ。おかしいものをおかしいと言えない世が間違っているのだ。変えるべきものを簡単に変えられぬ国が間違っているのだ」

「みんなはどうして言わないのですか？　どうして変えようとしないのですか？」

法の知識などほとんどない董胡ですら変えた方がいいと思うのに、他のもっと賢くて法に詳しい人達は今まで誰も声を上げなかったのだろうか。

董胡の問いには黙って聞いていた翠明が答えた。

「平民が声を上げたところで潰《つぶ》されるだけでしょう。下手をすれば殺されます」

「では貴族は？　貴族の中にはおかしいと言う人はいないのですか？」

翠明は困ったように口ごもり、代わりに黎司が答えた。

「まずは大半の貴族が知らぬのだろうな。平民というものも法の不平等というものも。

何も知らず、何も疑問を持たぬままに貴族の特権に溺《おぼ》れている」

持っている者が、持たぬ者のことをわざわざ知る必要などないのだ。

「残りの一部は己の利益のために知らぬふりをする。別の一部は声を上げて自分が揉《も》め事に巻き込まれるのを避けたいという保身から口を噤《つぐ》む。さらに残ったほんの僅《わず》かな賢明で良心的な人々は、欲に溺れた権力者によって嵌《は》められ貶《おとし》められて消されることになる。それが、今私達が暮らしている世界の実態だ」

「そんな……」

こうして改めて言われてみると、伍尭國は思った以上に理不尽で溢《あふ》れている。

「がっかりしたか？　董胡」

黎司は苦笑しながら尋ねた。

「実際に、そなたに出会う五年前まで、私は何も知らずに貴族の特権を享受しているだけの大半の内の一人だった。自分が生きることで精一杯で、平民のことなど考えたこともなかった。未来の皇帝だというのにな」

「レイシ様は……命を狙われて大変だったのだから……仕方ないです」

何度も毒を盛られ殺されかけた黎司に、そんな余裕はなかったに違いない。

董胡の言葉に黎司は肯《うなず》いた。

「仕方がない……。そうだな。私はそうやって自分に言い訳をしていた。皇太子である私が平民やそれ以下のもっと貧しい者のことを知らぬはずがないのに……。神官達が、将来国を統べる皇太子に教えぬはずがない。ただ……私の耳で素通りしていただけだ。本当は知らぬふりをする一部か、保身から口を噤んだ一部だったのかもしれぬ」

「レイシ様……」

苦しげに告げる黎司は、そうやって自分を責め続けていたのだ。

「正直に言うと、五年前そなたに会って私は驚いたのだ。平民というのはもっと思慮が浅く、素朴な思考で暮らしているのだと思っていた。私の悩みなど理解できるはずもなく、まして誰もが夢を叶えられる世を作ってくれなどと頼まれるとは思わなかった」

「そ、それは……本当に子供だったとはいえ、軽々しくお願いしてしまって……」

謝ろうとする董胡の言葉半ばで黎司は言葉を挟んだ。

「その単純で当たり前の願いを、他の誰も私に頼んだ者はいない」

黎司は少し真面目な顔になって続けた。

「そなた以外、誰も私に言ってはくれぬのだ。私の周りの者達は皆、本音を隠し、当たり障りのない同じような言葉を毎日毎日繰り返すばかりだ。この翠明とて、私の身を案じて余計なことを耳に入れないようにしている」

翠明は恐縮するように俯《うつむ》いた。

側近として、主君が無謀な問題意識を持たないようにしているのだ。

主君を守る側近としては正しい在り方だと思う。けれど……。

「言われないことを幸いに、私は知らぬふりをしようとするのだ。現状を変えることなど無理だと、力がないから仕方がないのだと、忙しいからできないのだと。できない理由ばかりを探して、自分を安全なところに置いておくのだ。人間とはそういう卑怯《ひきょう》な生き物らしい」

「卑怯だなんて……」

黎司はそんな自分を恥じているようだ。

「私が最初そなたに皇帝であることを言いたくなかったのは、そなたの言葉までも封印させてしまうのではないかと恐れたからだ」

そして、黎司はふっと微笑んだ。

「だが杞憂《きゆう》だったようだな。そなたは変わらず思うままを告げてくれる」

それは誉め言葉なのだろうか。

皇帝陛下を前に遠慮なく何でも言い過ぎということなのでは……。

「す、すみません……遠慮がなくて……」

反省する董胡に、黎司はさらに衝撃の言葉を告げた。

「やはりそなたと尊武は……どこか似ているな……」

「ええっ!!」

どこがっ！　と思わず叫びそうになった。

「わ、私が尊武様と？　わ、私はあんなに無遠慮で嫌な人間ですか？」

いまだかつてないほどに嫌っている相手なのに。

黎司にはそんな尊武と似て見えているということなのか。

大鍋《おおなべ》で頭を思いっきり殴られたぐらいの大打撃を受けた。

「遠慮がないといってもあそこまでは……。あんなに自分勝手で横暴で残虐で……あんな人と似ているところがあるなんて……い、嫌だ……」

もしかして青龍で共に過ごして、知らぬ間に似てしまったのかもしれない。

「ど、どういうところがですか？　な、直しますから言ってください!!」

青ざめて懇願する董胡に、黎司はぷっと笑い出した。

「はは……。いや、言い方が悪かったな。まったく真逆なのに、とても似ている部分があるということだ」

黎司は弁解してくれたが、それでも納得できない。

「一部分でも似たくないです!!　直しますから教えてください」

「ははは。そこまで嫌っているのか？　尊武のことを」

必死過ぎる董胡がおかしいのか、黎司はまだ笑っている。

「レイシ様は嫌いじゃないのですか？」

青龍での身勝手な様子はすべて伝えたつもりだ。きっと董胡と同じぐらい嫌なやつだと思って警戒してくれると思っていたのに。

「もちろん危険な人物だろうとは思っている。充分警戒せねば足をすくわれるかもしれないとも思っている。だがそれと同時に私はあの者を認めてもいる」

「認める？」

そういえば尊武も直接口には出さなかったが、言葉の端々に黎司を認めているような発言があったように思う。たとえ相手が目上であろうが平気で小馬鹿にするような尊武だったが、黎司に対してだけは軽んじていなかった。

感情で好き嫌いと考えてしまう董胡には分からないが、黎司と尊武は感情と切り離したもっと高い次元でお互いを理解し、認め合っているのかもしれない。

「例えば……尊武は外遊が趣味だといって、この二年ほどは宮内局の局頭《きよくがしら》という重職を担いながらも、誰に遠慮することもなく留守にしていた」

「そうなのですか？」

そこまで詳しくは知らなかったが、局頭の職を二年も留守にするなんて前代未聞に違いない。

「もちろん他の重臣達は最初、なんと身勝手なことをと非難していた。玄武公も自分の息子ながら渋い顔をしていた。だが尊武は素知らぬ顔で思うままに諸国を外遊すると、悪びれた様子もなく戻ってきて、以前からずっと居たかのようになじんでいる。非難していたはずの重臣達も、あまりに堂々としている尊武に今更文句を言う者もいない。むしろ今回の特使団の功績を称《たた》えてさえいる」

いかにも尊武らしい。

遠慮とか申し訳ないとか、そういう感情が欠如しているのだ。

「え？　似ていますか？　私はさすがに自分の仕事を二年も放棄して出掛けたりする図々《ずうずう》しさはないつもりでしたが……」

　黎司にそんな風に思われていたなんて心外だ。似ているなんて思いたくない。

「私は図々しいとは思っていない。尊武は……自分の心が望む道を誰よりも正直に生きているだけではないかと思う。おそらく尊武は、悪いことだと本当に思っていないのだ。だから悪びれた様子もなく堂々としていられる」

「それを身勝手と言うのではないのですか？」

　董胡はどうしても尊武を認めたくないという感情が先に立ってしまう。

「それは誰に対しての身勝手だろうか。非難していた重臣に対してか？　尊武が留守にしていたからといって、玄武公以外は大した迷惑も被ってはいない。彼らはそんな勝手が許されるなら自分も外遊してみたかったと愚痴をこぼしながら、自分の保身に明け暮れ、私を皇帝から引きずり降ろそうと画策する輪に加わり、くだらぬ噂を流していた者達だ。一方の尊武は、各国を見て回り、全部ではないだろうが私に有益な情報をいくつか与えてくれた。どちらが皇帝にとって有意義な二年を過ごしたかは語るまでもない」

　そう言われてみると、皇帝の臣下として本当に必要な二年を過ごしたのは尊武の方だ。

「尊武だけが思いついたのか？　そうではない。かくいう私も、自由に外遊できるものならしてみたいと思った。尊武を羨《うらや》んだ。だができなかった。彼だけが行動したのだ」

「行動……」

「おそらく玄武公は反対しただろう。勝手は許さぬと多くの障害があったはずだ。だが彼は屈しなかった。自分の内に湧き上がる好奇心を蔑《ないがし》ろにしなかったのだ」

「蔑ろにしない？」

自分の内に湧き上がる好奇心を……。

「そうだ。他人に嘘をつくことは悪いことだと誰もが知っているが、自分自身に嘘をつくことに罪悪感を持っている者が、この国にどれほどいるだろうか」

「自分自身に嘘をつく……」

董胡は少し前に同じような話を聞かされたことを思い出していた。

「みんな周りの目を気にして、目上の者の顔色を窺《うかが》って、余計な軋轢《あつれき》を恐れて、誰かのいいなりに自分を押し殺して生きることを美徳だと疑いもしない。そして自分の心の声を無視して、好奇心に蓋《ふた》をして、自分自身に誰より不誠実でありながら、自分こそが良識ある正しい者だと思い込んでいる。彼らの常識は、過去の権力者にとって支配するのに都合が良かっただけだ。そんな風に生かされることに、人はいつの間にか慣れきってしまったのではないだろうか」

「…………」

「だが自分を置き去りにして周りに合わせ、嘘で作り上げた人生はいったい誰の人生なのだろう。そこに意味があるのだろうかと私は思うのだ。人は本来、自分にこそ一番正直に生きねばならないのではないかと……そなたと尊武を見ていると感じるのだ」

少しだけ黎司が何を言いたいのか分かった気がした。

(高原で会った卜殷先生が同じようなことを言っていた)

――たとえそれが常識を逸脱していようが、到底無理なことに思えようが、大人の判断で望む道を閉ざしてはならない――

卜殷は白龍から鼓濤を預かった時に、そう強く念を押されたと言っていた。

だから卜殷は董胡が男装をして麒麟寮に入ることも、医師試験を受けることも、危険だと分かっていながら最終的に許し見守っていてくれた。

董胡の魂が示す道を遮った時、すべての道は閉ざされる。

つまり死が訪れるから……。

そんな卜殷の考えを無意識に受け止めて育った董胡は、自然にそんな生き方が身についてしまっているのかもしれない。

幼い頃から男装して、他人に仕方のない嘘をつくことがあっても、自分の中に湧き上がる気持ちにだけは嘘をつかなかった。つけなかった。普通の人はきっと反対なのだ。

それが良いか悪いかは分からないが……。

王宮に来てからも数々の無茶を押し通してきたけれど、いつもぎりぎりのところで生き延びてきた。

もしも大人の判断で、できるわけがないと魂の声に従っていなかったなら……。

むしろ命を落としていたのかもしれない。

「そなたと尊武は、真逆の価値観と発想を持ちながら、等しく地に足を付け、迷いなく自分を生きている。誰もが他人の目や常識を気にして自分の内なる声に耳を閉ざして生きている中で、そなたらは内なる声を決して蔑ろにせず進む道を見つけている。本来、人はこうあるべきではないのかという姿を私に見せてくれている」

黎司は眩《まぶ》しそうに董胡を見つめた。

その視線にどきりとする。

「わ、私はただト殷先生の教えのままに生きてきただけです」

いや……それが白龍の……いや、母・濤麗《とうれい》の教えだったのかもしれない。

「それでいい。そなたの美徳だ。そのままのそなたで、私の側にいて欲しい」

「レイシ様……」

「誰もがそなたや尊武のように自分に正直に生きる世こそが『誰もが平等に夢を叶《かな》えられる世』なのではないかと、私はずっと考えていた。そんな世を作りたいと……」

黎司は五年前に言った董胡の無謀な願いを叶えることを諦《あきら》めてなどいなかったのだ。

「だが……自分に正直に生きる世というのは、他人に正直に生きる世よりもずっと実現が難しいのかもしれぬな」

翠明が肯《うなず》いた。

「中には正直の意味を履き違え、暴力や犯罪を肯定する者もあらわれるでしょう。一人一人が高い教養と民度を持たなければ難しいことです」

貴族は選民意識に溺《おぼ》れ、平民以下の者は日々の生活を保つことだけで精一杯で、教養を高める時間も自分の心の声に耳を傾ける余裕もない。あまりに遠い道のりだ。

到底叶わぬ夢としか思えない。

「だが無理だと諦めてしまえば、何も始まらない。小さな一歩を踏み出して、ささやかな一段ずつを積み重ねたずっと未来に、到達する日が来るのだと信じて、私はその一歩を踏み出してみたいと思うのだ」

「レイシ様……」

この皇帝の治世に生きることができた奇跡に、董胡は心の底から感謝した。

「そなたが必要なのだ、董胡。これからも私を支えてくれるか？」

「はい！　もちろんです！」

こんな奇跡を与えられたのだから、自分のできる全力で支えたい。

改めて強くそう思った。

尊武に似ているというのは納得できないが、そんな風に黎司に言ってもらえると、今までの自分の人生が間違っていなかったのだと肯定されたようで嬉《うれ》しい。

幼少から女であることを隠し、嘘ばかりの人生だと落ち込むこともあったが……。

白龍の残した言葉が、卜殷に伝わり、董胡の中できちんと育っていた。

そしてそんな董胡を黎司は認めてくれたのだ。

なにか古《いにしえ》から続く深い縁のようなものを感じて心が熱くなる。

その時、突然青鬣馬《せいりょうば》が「ヒーン」と鳴いた。

すっかり話し込んでいて、放っておかれた青鬣馬が少し拗《す》ねたようだ。

「ごめん、ごめん。今日の主役は君だったね」

董胡が再び鬣《たてがみ》を撫《な》でると、青鬣馬は機嫌を直したように頬を寄せてくる。

「そうだったな。今日そなたをここに呼んだのは、この青鬣馬の名を決めようと思ったからなのだ。いくつか考えてみたのだが、どれがいいと思う？」

黎司は思い出したように懐から文字の書かれた半紙の束を取り出して見せた。

「え？　私が決めてよいのですか？」

「うむ。そなたが縁を繋《つな》いだ馬だからな。この中から選んでくれ」

半紙には黎司の書いたらしい、しなやかな文字が一枚ずつ並んでいる。

相当悩んだのか『青』や『雄』などを使った精悍《せいかん》な名がいくつも挙げられていた。

ふとその中の一つに目が留まる。

「これはどうでしょうか？」

董胡は一枚を取り出して黎司と翠明に見せた。

「蒼天《そうてん》か。うむ。実は私もそれが一番気に入っていたのだ」

「天を駆ける青い鬣の馬ですね。ぴったりな名だと思います」

翠明も肯いた。

「よし！　そなたは今日から蒼天だ。よいな」

黎司が言って鬣を撫でると、仔馬《こうま》は答えるように「ヒーン」と鳴いた。

本当に話が分かっているようだ。やっぱり賢い馬だ。

そしてしばらく黎司に撫でられるままに身を任せていた蒼天は、急に耳をぴくりと動かして警戒の表情になった。

「どうしたの？　蒼天」

その視線は厩舎《きゅうしゃ》の入り口の方を向いている。

それと同時に「お待ちください！」と叫ぶ空丞の声が響いた。

「なんだ？　馬を見るぐらいいいだろう？」

「いえ。今は人払いをしていまして……」

「人払いだと？」

聞き覚えのある声が聞こえてきた。

この、人の制止を聞こうともしない横暴な人物といえば一人しかいない。

「尊武様……」

「…………」

尊武は董胡に目をやると同時に黎司に気付いて、すばやく拝座の姿勢になった。

「これは……陛下がいらっしゃるとは知らず、ご無礼を致しました」

本当に知らなかったのだろうか？

ちょうど尊武の話をしていたところに都合良く現れすぎではないのか？

尊武のやることは全部疑ってしまいたくなる。

「尊武か。青鬣馬を見にきたのか？」

黎司は動じた様子もなく穏やかに尋ねた。

「はい。陛下に献上致しました仔馬が健《すこ》やかだろうかと気になって見に来ました」

尊武は拝座で顔を伏せたまま答えた。

「そうか。そなたもこの馬には思い入れがあることだろう。ちょうど今、名を付けたところだ。蒼天と呼ぶがよい」

「蒼天……。素晴らしき名でございます」

相変わらず、黎司の前ではしおらしい態度と受け答えだ。

「うむ。そなたもこちらに来て鬣を撫でてやるがよい。蒼天も喜ぶだろう」

「…………」

いや、絶対喜ばないと董胡は思った。すでに蒼天は怯《おび》えた顔をしている。

だがそうまで言われて撫でないわけにもいかず、尊武は立ち上がって蒼天に近付いた。

そして鬣に手を伸ばすと蒼天は「ヒーン、ヒヒーン！」と鳴いて後ろに下がってしまった。

「…………」

気まずそうに眉間《みけん》を寄せる尊武がちょっとおかしい。

（やっぱり懐かないんだ。ちょっといい気味）

くすりと笑いを漏らす董胡を尊武がぎろりと睨《にら》みつけた。

しまった、と慌てて真顔に戻す。

「馬にも人見知りがあるのだな。蒼天は、そなたのことが怖いようだな」

黎司が取り繕うように言うと、尊武は木柵《もくさく》から一歩下がった。

「陛下の馬を怯えさせ、申し訳ございません」

「いや、そなたからもらった馬だ。改めて礼を言うぞ。良い馬だ」

「気に入って頂けて光栄でございます」

尊武は頭を下げて、ちらりと董胡に視線を向けた。

その視線の中に、余計なことを言っていないだろうな、という物凄《ものすご》い圧を感じる。

尊武にとっての余計なことはいろいろ言ったが、黎司を皇帝と分かっていながら斬り捨てようとしたことだけは辛うじて言っていない。

もしかして余計なことを言うなと董胡に釘《くぎ》を刺すために、空丞の制止を振り切って厩舎に入ってきたのではないかと思った。

根回しのいい尊武なら充分ありえることだ。

さっきまで散々尊武の悪口を言っていただけに気まずい。

これは早々に退散するに限る。

「で、では……私はこれで下がらせて頂きます、陛下」

もう少し黎司とゆっくり話をしたかったが、尊武を交えて話すことなんて何もない。

さっさと切り上げるのが良策だ。しかし。

「では、私も馬の様子を確認しましたので、これにて……」

尊武も一緒に下がろうとした。

(なんでっ!!)

尊武と一緒に仲良く厩舎を出るつもりで言ったのではない。

悲愴《ひそう》な顔で尊武を見上げる董胡に気付いて、黎司は「ふ……」と笑いをかみ殺した。

そして董胡に助け船を出すように告げる。

「尊武。そなたはまだいいだろう。少し残って私と話をしようではないか」

(さ、さすがレイシ様! ありがとうございます!!)

董胡が救世主を拝むように黎司を見上げると、分かっていると言うように肯《うなず》いた。

尊武はその様子をむっつりと横目で見て答える。

「いえ、陛下の貴重な時間を私ごときに使わせるなど恐れ多いことでございます。私もこの者と共に下がらせて頂きます」

(な、なんで……。せっかくレイシ様が気を利かせてくれたのに……)

意地でも董胡と一緒に厩舎を出るつもりだ。しかし黎司は珍しく強い口調で告げた。

「良いからそなたは残れ、尊武。命令だ」

「…………」

尊武は意外そうに黎司を見つめてから、諦《あきら》めたように応《こた》えた。

「そのように陛下が仰《おつしや》って下さるなら、喜んでお相手させて頂きます」

聡《さと》い黎司のおかげで、なんとか尊武と二人きりになる危機は脱することができたのだった。

二、白虎の后

「鼓濤様。何を作っているのですか?」

玄武の后宮《きさきぐう》の御膳所《ごぜんしょ》に、茶民と壇々がひょっこりと顔を出す。

再びのどかな日常が戻っていた。

「桜の花を塩漬けしているんだよ」

青龍から戻ってくると、王宮はいつの間にか春になっていた。

后宮の中庭には大きな八重桜の木が一本ある。

まだ七分咲きの花を厩舎からの帰りに少し摘んできていた。

綺麗《きれい》に洗って汚れを取り除いてから、塩をまんべんなくかけて器に入れ、重しを置いて二、三日漬け込む。

それから水気を搾り、今度は梅酢に漬けて三、四日置いておく。

そして再び水気を搾り、盆ざるに広げて陰干しして塩をふりかけると出来上がりだ。

「それは美味《おい》しいのでございますか?」

「不躾《ぶしつけ》ながら、高く売れますか?」

青龍では式神侍女として、隙のない立ち居振る舞いで有能さを増したように思えた二人だったが……すっかり元通りになっていた。

（まあ……この二人はこれでいいのかもね）

青龍での活躍ぶりは二人にも話して深い感謝を告げたが、尊武に対する見事な撃退ぶりはあまり詳しく話せていない。

（まだ尊武様に見初められるという夢を捨てきれていない二人には酷だろうからね）

そんな後ろめたさもあって、二人に美味しいものを食べさせることに全力を尽くす日々だ。

「料理に加えたり、甘味にしたり、花茶にしたり、いろいろできるよ。この時季にいっぱい作り置いておけば、日持ちするから長く味わえる。楽しみにしておいて」

「花茶なら飲んだことがありますわ！　大好きです！」

壇々が目を輝かせる。

「花茶は高値で売れますわ！　私にも作り方を教えて下さいませ！」

茶民も腕まくりをしてやる気満々だ。

「じゃあもう少し花を摘んでこようか。七分咲きの今が摘みごろだからね」

「女嬬《めのわらわ》に摘んでくるよう頼んでおきますわ！　お任せください」

茶民に頼んだら花を根こそぎ摘んでしまいそうで不安だが、雨が降れば散ってしまうのだから早めに摘んで花茶で楽しんだ方が得策かもしれない。

　しばらく塩漬け作りで忙しくなりそうだ。

　そんな和やかな時間を打ち破るように、侍女頭の王琳《おうりん》が不安げな様子で戸口に現れた。

「鼓濤様、少しよろしいでしょうか？」

「王琳が御膳所に来るなんて珍しいね。王琳も塩漬けを作ってみる？」

「いえ、それよりも、鼓濤様に文が届いたのですが……」

「文？」

　文と言われて思いつくとすれば……。

「朱雀の朱璃《しゅり》様？」

　青龍から戻ってすぐに一度文をもらっている。

　落ち着いたら一度朱雀の后宮に遊びに来てくれと書いてあった。

　この桜の花の塩漬けが完成したら持って行こうと思っていたのだが……。

「いえ……それが……白虎のお后様のようなのですが……」

「白虎のお后様？」

　文を交わすような付き合いはしていなかったはずだが。

　茶民と壇々も「どうして？」という表情で顔を見合わせている。

　董胡は塩だらけの手を拭《ぬぐ》ってから、文を受け取った。

　白い桜の花が咲く枝が添えられた品のいい文だ。

「何が書かれているのですか？」

「まさか、帝《みかど》が鼓濤様ばかり寵愛《ちょうあい》なさるので恨み言でも？」

壇々と茶民が董胡の両側から覗《のぞ》き込む。

「いや、どうもお后様が病気みたいだ。青龍のお后様の病を治したという噂を聞きつけて、玄武の后の専属医官を貸して欲しいと書かれている」

「ええっ！」

「それはつまり……」

「専属医官、董胡。つまり私のことだね」

嫌な予感はしたが、やはりそういうことだろう。

「お断りして下さいませ。鼓濤様が診る義務などありませんわ。また妙なことに巻き込まれるかもしれませんもの」

王琳はきっぱりと言い捨てた。

「うん。そうだよね……」

董胡もそう思う。

けれど白虎といえば、白龍がいるかもしれないと卜殷が言っていたところだ。

后宮に行けば、なにか手がかりになる情報を得られるかもしれない。それに……。

(私の中の悪い虫が騒いでいる……)

病気と聞いて放っておくことがどうしてもできない。

病状は何も書いていないが、どんな病なのか気になって仕方がない。

病の診療を断るという選択肢が、どうにも董胡の中にはないらしい。

(これが自分の内なる正直な声なのか……)

この申し出を断ることは、きっと当たり前の常識だ。大人の判断だ。

でも心の中は「診たいよね、白虎のこと調べたいよね」と騒いでいる。

(卜殷先生。この心の声に従えということですか？　この声を無視したら……死が訪れるということですか？)

さすがに死はないだろうと思いたいが……。

万が一にもこの心の声を無視したせいで死が訪れたりしたら無念すぎる。

今回は青龍や朱雀に行った時ほどの危険なものではない。

王宮内の白虎の后宮に行って診察するだけだ。さほど深刻に考えなくても大丈夫だ。

「ごめん、王琳。ちょっとだけ行って診てくるよ」

「鼓濤様っ!!　やっぱり……」

王琳は分かっていたのか頭を抱えている。

「ちょっとだけだよ。診て薬を処方したらすぐ帰ってくるから」

「ああ、もう……。文をもらった時からこんなことになると思っていました」

聡い王琳はすでに董胡の行動を察知していた。

「絶対にすぐに戻ってきて下さいませね。お戻りが遅かったりしたら、陛下にお知らせしますから！」

「う、うん。分かったよ。お忙しい陛下の手を煩わせるわけにはいかないから、すぐに戻ってくるよ。だから陛下には知らせないで」

董胡の弱点もよく分かっているようだ。

こうしてすぐに文を返し、翌日の昼前に白虎の后宮に行くことになった。

◆

白虎の后宮の方角には、以前に菊の時季に行ったことがある。

あの時はまだ皇帝ということを隠していた黎司と、紅菊の花壇で密《ひそ》かに会った。

あれからずいぶん月日が経ったようにも感じるが、まだ半年も過ぎていない。

あの時黄色と白の菊が咲き乱れていた花壇は春芽で緑に色づいているが、鉢植えが置かれていた場所は水仙の鉢植えに代わっていた。

白い花と黄色い花が交互に並べられてとても美しい。

白虎の貴人回廊から見える景色は、秋は菊、春は水仙で白と黄色に染まるようにできているらしい。

そして鉢植えの手前には屋号の書かれた板札が置かれていて、ご注文はこちらにということらしい。さすが商術を司《つかさど》る白虎だ。相変わらず商魂たくましい。

医官姿の董胡は貴人回廊ではなく、下道を歩きながらそんな花壇と屋号を眺めて通り過ぎていく。どの季節も商人やら御用聞きやらで人通りが多い場所だ。

ただしいろんな人が出入りするおかげで、医官服の董胡を気に留める人もいない。

白虎の侍女頭には大朝会《だいちょうかい》で会ったことがあるので、念のため鼻から下を隠す覆い布をつけてきたが、特に目立つこともなかった。

しかしさすがに后宮《きさきぐう》の中に入るのは簡単ではない。

前もって返信の文と共に渡された白虎の后の木札を見せて、董胡の身分を証明する木札も確認されながら三箇所の関門を突破して、ようやく宮の入り口に辿《たど》り着いた。

青龍の后宮のように出迎えの侍女がいるのかと思ったが、誰もいない。

案内がないとなれば、后の使いとはいえ平民医官の董胡が声をかけるのは従者の使う勝手口だ。仕方なく裏側の勝手口に立つと同時に、ぞくりと背筋に寒気が走った。

(寒い？)

外は春の陽気だというのに、ここに立つと気温がぐっと下がったような気がする。

そして中に声をかけようとして……。

「わっ!!」

薄暗い勝手口にいきなり人が立っていて驚く。

「す、すみません……」

怯《おび》えたように謝るのは、ずいぶん青白い顔をした白い侍女服の女性だった。

「あの……お后様に往診を頼まれた玄武の后宮の医官ですが……」

「あ……失礼致しました。中の者を呼んで参りますので、しばらくお待ちを」

下っ端《ぱ》らしき侍女が慌てて謝り、そそくさと奥に人を呼びに行ったようだ。

「…………」

なんだろう。

飾りけのない白い着物を着ていたせいかもしれないが、后宮の華やかさがない。

というか痩《や》せていて顔色も悪く、幽鬼のような暗い印象を受けた。

(あの人も体調が悪いのだろうか？　もしかして流行《はや》り病？)

気になってそっと勝手口の横にある生垣の奥を覗き込んでみると、バシッと弾《はじ》くような音が聞こえた。そしてすぐに「申し訳ございません」と謝る侍女の声がする。

生垣からはよく見えなかったが、どうやらさっきの侍女が誰かに叩《たた》かれたようだ。

(え？　なんで？　勝手口にいたから怒られているの？)

それとも何か粗相をしたのだろうか？

気になってさらに生垣を回り込んでみると、雑仕《ぞうし》らしき女性達が洗濯籠《かご》を持って歩いていく姿が見えた。

こちらは白い衣装ではないが、粗末な着物でみんな虚《うつ》ろな表情をしている。

一様にやせ細っていて、手足に鞭《むち》で打たれたような傷があった。

(何か粗相をしたら鞭で打たれるのか……)

后という立場でいる時の董胡は、女嬬《めのわらわ》や雑仕などの姿を目にすることはほとんどないのだが、鼓濤の后宮ではさすがに鞭で打つようなことはされていないはずだ。

だが主《あるじ》によってはこんなことはよくあることだと聞いている。

茶民や壇々などは貴族という身分であっても、華蘭《からん》の侍女だった頃はずいぶんひどいいじめに遭っていたと言っていた。平民以下の者の待遇は更に厳しいだろう。

(白虎のお后様は、このような仕打ちを知っておられるのだろうか……)

知っていて放置しているのならば、あまり好ましい人ではなさそうだ。

「お待たせ致しました。玄武のお后様の専属医官様でいらっしゃいますね？」

しばらくして出てきたのは、大朝会で会った侍女頭の女性だった。

細い吊《つ》り目のキツネ顔に見覚えがある。

そういえば初めて会った時に、ぞくりとした怖さを感じたことを思い出した。

(この人も陰気な雰囲気で苦手だな……)

「お后様の専属医官様なのですから、勝手口ではなく表玄関から訪ねて下さいませ」

キツネ顔の侍女頭は少し迷惑そうに告げる。

「ですが私は貴族ではありませんので……」

「まあ……」

侍女頭は驚いたように呟《つぶや》いてから、あからさまに嫌そうな顔をした。

そして「呼んでしまったものは仕方ないわね」と小さく呟いて、冷たい声音で告げた。

「こちらへ参られよ。姫様がお待ちです」

（よくあることだけど……急に態度が変わったな……）

下履きを脱ぎ、つんと前を歩いていく侍女頭に仕方なくついていくしかなかった。

従者達の使う勝手口から貴族が出入りする屋敷内に入ると、先ほどまでの陰気さは消え白亜の装飾に目を奪われた。后宮らしく、ぐっと華やかになる。

内装はすべて白木で造られていて、天井から襖《ふすま》まで真っ白だ。

ところどころ金糸で縁取られた白絹の帳《とばり》が垂れているのも美しい。

ただすべてが真っ白なので、生活感がなく無機質で冷たい印象を受けた。

御座所《おましどころ》に入ると、畳まで真っ白だった。

室内に置かれた調度もすべて白と金で統一されている。

几帳《きちょう》に掛けられた薄絹の柄も、屏風《びょうぶ》も掛け軸も、白と金だけで描かれている。

あまりに白すぎて居心地の悪さを感じたものの、幻想的な雰囲気ではある。

部屋全体が、まだ何ものにも染まっていない純白の清らかさを感じさせる。

「雪白《ゆきしろ》様。玄武のお后様の専属医官が来られました」

后の名は雪白というらしい。まさにこの部屋にぴったりの名だ。

侍女頭は白絹で縁取られた真っ白な御簾《みす》の前にひれ伏して、雪白に声をかけた。

さっきは専属医官様と言っていたが、貴族でないと知って『様』は取られたようだ。

董胡もその隣にひれ伏して挨拶《あいさつ》する。

「玄武の専属医官、董胡と申します」

董胡が挨拶すると同時に、侍女頭が急いで告げた。

「こちらの方は貴族ではないそうでございます。玄武のお后様の専属医官だという話でしたので、てっきり貴族医官様だと思っていましたが……まさか平民医官を専属にしているだなんて……青龍のお后様もそのような方に診て頂いたとは思いもせず、私の情報不足でございました。このままお帰り頂きましょうか、姫様」

この侍女頭は平民医官に后を診てもらいたくないらしい。

とっても嫌な感じだ。董胡も帰りたくなってきた。

「帰莎《きしゃ》、そのように失礼な物言いをするものではありませぬよ」

御簾の向こうから、落ち着きのある可憐《かれん》な声が聞こえた。

帰莎というのが、このキツネ顔の侍女頭の名らしい。

「ですが……平民が姫様の肌に触れるなど……。玄武のお后様は平気かもしれませんけれど、姫様のように高貴な血筋の方にはおぞましいことかと……」

董胡はぎくりと隣の帰莎を見た。

まるで玄武の后は高貴な血筋ではないと知っているような口ぶりだ。

「帰莎。おやめなさい。私がお呼びしたのに、先生に失礼でございましょう」

「ですが姫様……」

帰莎は嫌な感じだが、后は悪い人ではなさそうだ。

「青龍のお后様も平民医官に治して頂いたなんて……どうかしていますわ。ずいぶんお若い姫君だという話ですが、そのような品位の低い方々と姫様を一緒にして頂いては困ります。私は最初から、玄武の后宮から医官を呼ぶことは反対だったのです！」

「帰莎！　おやめなさいと言っているでしょう」

他の后達の悪口まで出てきて、さすがに厳しく叱りつけられている。

気まずい雰囲気の中で、董胡は落ち着かないまま口を開いた。

「あ、あの……。では問診だけさせて頂くのはどうでしょうか？　御簾ごしに症状だけお聞きして、必要があれば薬の処方だけすることもできます。それを持って宮内局の薬庫に行けば薬を出してもらえます」

「…………」

それでもまだ帰莎は不満そうに隣の董胡を睨《にら》みつけている。

だが雪白は納得したようだ。

「それがいいわ。そう致しましょう」

「ですが……」

「そなたがいては話が進みませぬ。帰莎は診察の間、席を外しておくれ」

「姫様！」

帰莎は驚いたように声を上げた。

「控えの間の侍女達も席を外しなさい。私はこの先生にだけ話を聞いてもらいたいの」

「姫様！」

気付かなかったが、御簾の隣にある控えの間にも侍女が数人いたようだ。

「このような下賤《げせん》な者と二人きりになるなんて……」

ついに帰莎は菫胡のことを下賤とまで言い捨てた。すると……。

「御簾ごしだとおっしゃっているでしょう！　もういいから出ていって！　お願いよ！」

雪白は突然声を荒らげ、涙声になっていた。

最初の落ち着いた様子から一変する。感情の起伏が激しい人なのかもしれない。

(病で心が不安定になっておられるのだろうか)

「…………」

帰莎は少し驚いたものの、慣れているのか諦《あきら》めたようにため息をつくと、立ち上がり菫胡を一瞥《いちべつ》して部屋から出ていった。

それと同時に控えの間の侍女達も出ていったようだ。

おそらく戸口のすぐ外で待機しているのだろうが、ともかく部屋の中は菫胡と后《きさき》の二人だけになった。それを見届けると、雪白はすぐに御簾の向こうで謝った。

「驚かせてしまってすみませぬ。菫胡先生」

「あ、いえ。私は大丈夫です」

もう落ち着いたのか、最初と同じ静かな声色だ。

「先生。もう少し……御簾のそばに来てくださいませぬか？」

「え……でも……」

あまり姫君に近付いたら、帰莎に後で叱られそうだ。

「声が外に……漏れるでしょう?」

意味深に声をひそめて告げる。

そんなつもりはないのだろうけれど、どこか艶《なま》めかしい色香がある。

少し躊躇《ためら》ったものの、部屋の外に声が漏れない程度に御簾に近付いた。

「侍女達に聞かれたくないのです。どうかもう少しそばに……」

「は、はい……」

董胡は仕方なく、御簾のすぐそばにまで近付く。

御簾の向こうから、雪白のか細い息遣いと香の匂いまでが五感をくすぐる。

姿を見ずとも、気配だけで人を魅了する色気のようなものを感じた。

酔ってしまいそうな香の匂いを振り払い、董胡は尋ねる。

「あ、あの……。それで病の症状はどのようなものなのでしょうか?」

「…………」

雪白はしばしの無言のあと、とんでもないことを言い放った。

「先生……。私は呪われているのです……」

「え!?」

病の往診に来て、まさかそんなことを告げられるとは思っていなかった。

「の、呪うとは？　いったい誰に？」

董胡の専門外なのだが、思わず聞き返す。

「分かりませぬ……。この宮にいる侍女の誰かかもしれませぬ……」

「あ、それで……」

侍女達を退出させたのだ。

「何か心当たりでも？」

「体調が悪くなったのは王宮に来てからです。最近は特に体が重く、背に何かを負ぶっているかのように感じることもあります」

「せ、背に負ぶる!?」

何を!?　と叫びたかったが、できれば聞きたくない。

これはまったくの専門外だ。

医師の中には治らない病をすべて呪いだと言って、治療に邪気祓《ばら》いを取り入れている人もいるらしいが、董胡はそういう類《たぐい》のものは苦手だ。できれば関わりたくないと思ってきた。もちろん祓いなどできるわけもない。

「そ、それは申し訳ないのですが、私では治すことはできません」

この后宮の陰気な感じは、その呪いから派生しているのかもしれない。

問診だけでは診察もままならないし、これ以上深入りしない方がいい。

「す、すみませんが私はこれで……」

ひれ伏してから立ち上がろうとした董胡の手を御簾から伸びた白い手が摑《つか》む。

「ひゃっ!!」

幽鬼でも現れたのかと思ったが、后の手だった。

「私を見捨てないで下さいませ、先生。うう……お願い、先生」

「雪白様……」

手を握り縋《すが》りつくように頼まれて、董胡は振り払うこともできず座り直した。

「みんなみんな、私を見捨ててゆくのです。私は……いつも独りぼっち……うう……」

「そ、そんなことはありません。大勢の侍女達がいるではありませんか。帰莎様も雪白様を大切になさっている様子。頼りになる方ではありませんか」

「そのようにお思いになって？　本当に？」

「そ、それは……」

董胡には親切とは言い難く、良い人とは思えないけれど……。

「私は……私は……帰莎が呪いに関わっているのではないかと思っているのです」

「ええっ!?」

驚くようなことばかり聞かされて、董胡は混乱していた。

「ま、まさか……。侍女頭がどうしてお后様を？」

侍女頭というのは后の一番の味方ではないのか。

朱雀の禰古《ねこ》も、青龍の鱗々《りんりん》も、誰より后を大切に思っている。

　玄武の王琳だって、最初はいろいろあったが今では誰よりも鼓濤のことを思ってくれる強い味方だ。

「帰莎は……後宮のすべてを取り仕切っていて、誰も逆らうことはできませぬ。后の私ですら、帰莎の言うことには逆らえず言いなりです。先ほどのように取り乱して命じなければ、何も聞き入れてはくれぬのです」

「では先ほどはわざと……」

　声を荒らげて退出するように言ったのだ。

「で、ですが、帰莎様が雪白様を呪ってどうしようというのですか？」

　侍女頭が后を呪って、いい事など何もない。

　むしろ雪白が体調を崩せば、世話をする侍女頭の責任が問われるはずだ。

「帰莎は……別の者を白虎の一の后にしたいのです」

「別の者？」

　誰か身内に后候補がいるのだろうか？

　しかし雪白の口から出た名は、予想もしない相手だった。

「帝《みかど》の侍女頭の奏優殿でございます」

「えええっ⁉」

　侍女頭の奏優は、大朝会で何度か見たことがあった。

　確か最初の大朝会で、弟宮の侍女頭と激しく口論していたのが強く印象に残っている。

帝を深く信奉しているとは感じたけれど……。

「あの……奏優様というのは……白虎の方なのですか？」

皇帝の侍女達は、麒麟の血筋が多いとは聞くが、四公《しこう》からのお召しもある。后よりも帝に近しい立場として、過去には側室となって権勢を振るった姫君もいたと聞いている。それを狙って侍女として送り込む貴族もいるという話だが、相当高貴な家柄の姫君でなければ帝の侍女にはなれないはずだ。

その上、原則として皇后にはなれない。皇后になれるのは一の后だけだ。

「奏優殿は……我が義父上《ちちうえ》様、白虎公の姉君の末の姫です」

「そ、そうだったのですね」

それほどの血筋ならば、侍女頭になってもおかしくない。

いやそれどころか、本来なら侍女などにならず深窓の姫君として大貴族に嫁いで正妻になるのが当たり前のような身分だ。

「我が母は白虎公の妹君でございます。私はその三の姫として生まれ、奏優殿とは年も近く幼い頃より交流を持って参りました。一つ年上ではっきり物をおっしゃる奏優殿は、私の憧《あこが》れのお姉様で仲良くして頂いておりました」

「そ、そのようなご関係だったのですね」

本来なら皇帝の一の后というのは、四公の一番上の未婚の姫君であるはずだが、青龍の翠蓮《すいれん》姫は龍氏《りゅうし》と血縁の近い養女だと言っていた。同じく白虎も虎氏《こし》が妹の娘を養女に迎えて一の姫として皇帝に嫁がせたようだ。

「その奏優様が、どうして？」

むしろ心強い味方になってくれそうなものなのに。

「奏優殿は三年前、白虎にある『西國《さいごく》の社《やしろ》』に詣《もう》でられました。そこで、先代の帝の行幸に付き添われて来られた皇太子様、つまり現在の帝のお姿をご覧になったのです。そして現陛下に一目ぼれなされたようでございます」

「陛下に……？」

あれだけ麗しい方だから気持ちは分かるが、貴族のやんごとなき姫君が一目ぼれなんて公言できるような世の中ではないと思うのだが。

「末の姫の奏優殿はお父上にずいぶん甘やかされ屈託なくお育ちでございました。厳しく育てられた私などが言えぬようなことも、はっきりおっしゃる方でございましたが、突然皇太子様の侍女になりたいと言い出されて、お父上様もさすがに驚かれたようでございます。ですが皇太子様に嫁ぐのは白虎公の一の姫様と決まっておりますし、皇后になれぬのなら、お側でお仕えして見初められ、側室となる道もあるのかとお許しになられたのでございます」

そんないきさつがあったのだ。でも……。

「白虎公・虎氏様はご自分の一の姫を嫁がせなかったのでございますね」

「ええ。元々虎氏様にはもう未婚の姫君はおりませぬ。ですがご嫡男様に年頃の姫君がおられます。本来ならば、その姫君を養女に迎えるはずが、どういうわけかこの私を養女にして嫁がせるとおっしゃったのでございます」

それはきっと玄武公と同じ思惑だったのだろう。

黎司を暗殺、或《ある》いは廃位させて、次の皇帝となる弟宮に嫁がせるつもりで本当の一の姫を温存したのだ。それで雪白に一の后の座が巡《きき》ってきた。

「すべてが突然のことでございました。先帝がお亡くなりになられたのも急なことで、私が養女になると決まったのも急なことでございまする。私はまさか自分が虎氏様の一の姫となって皇帝に嫁ぐことになるなんて思ってもおりませんでした」

「そうでございましょうね」

董胡だって突然連れ去られ、あっという間に嫁がされたのだ。

雪白も同じような境遇だったのだろう。

その戸惑いは、誰よりもよく分かる。

「ですが私よりも青天の霹靂《へきれき》だったのは奏優殿の方でございました」

「奏優様は……」

「その一年も前に、すでに皇太子様の侍女となって皇宮に入っておりました」

あと一年待てば、もしかしたら虎氏の養女となって皇帝に嫁いでいたのは奏優だったのかもしれないのだ。

「自分より目下だったはずの私が帝の后となり、かしずかねばならない相手となったのです」

そういうことは貴族の婚姻ではよくあることだ。

姫君は嫁ぎ先によって、どのようにも運命が変わってしまう。

けれど、あと一年で奏優の望む最高の幸せがあったのだと思うと、さぞ悔しかったことだろう。

「それゆえ奏優殿はご自分の幸せを奪った私を憎んでいるのでございまする」

「奪うだなんて……雪白様はそのようなつもりはなかったのに……」

「ええ。私は父上様に言われるがままに虎氏様の養女となり、会ったこともない帝の后になり、貴族の姫君として従う他なかっただけなのに……うう……」

貴族の姫君には自分で運命を選ぶ自由なんてない。

この姫君も権力者に振り回された被害者のようなものなのに。

「貴族の姫君の責任を放棄してご自分で侍女になることをお選びになったのは奏優殿の方ですわ。それなのに私が父上様の言いつけに従って帝の后になったことをお恨みになるなんて……」

それは理不尽な話だ。

でもそれで后を呪ったりするのだろうか。

奏優も帝の侍女頭という役職を持っているならば、誰よりも黎司の味方であり、その后を呪うなんてあってはいけないことだ。

どれほど家柄が良くとも許されることではない。

「帰莎様はその奏優様を一の后にしたいとお考えなのですか？」

奏優と縁の深い家柄なのだろうか。

「奏優殿は……私が嫁いだばかりの頃は挨拶《あいさつ》にも来られず、まったく無視しておられました。それなのに、大朝会で帰莎と顔を合わせて親密になると、足繁くこの后宮に通って来られるようになったのです」

「大朝会で……」

そういえば、董胡は偽の侍女頭だったので、なるべくすぐに退散するようにしていたが、他の侍女や女官達は情報交換や人脈作りで忙しそうにしていた。

朱雀の禰古などは、朱璃の自慢話をするために誰彼なく声をかけていたっけ。

帰莎が誰と話していたかまでは見ていなかったが、奏優と話す機会は充分にあっただろう。

「奏優様がこの后宮に来られて、何かひどいことでもされたのですか？」

后の雪白の方が身分は高いので、滅多なことはできないはずだが。

「奏優殿は……私を嗤《わら》いに来られているのでございます」

「嗤いに？」

「一の后にはなったものの、帝は月に一度のお見えだけを律儀にこなすばかりで、私の顔を見ようともなさいませぬ。帝の寵愛《ちょうあい》は玄武のお后様と朱雀のお后様にばかり向いていて、私はいつも序列の最下位で、帰莎は大朝会でも肩身の狭い思いをしているようです。そんな帰莎を気の毒がるふりをして、后の私を心の中で嗤っているのでございます」

「そんなことは……」

ないとも言えないが、あるとも言えない。

だが帝《みかど》の寵愛が、后に仕える侍女達にも影響を及ぼすことは確かだ。

料理一つとっても序列の高い后宮から順に食材が配られる。

衣装や宝飾品、その他すべてが序列順と決まっている。

「私のように最下位の后は、玄武のお后様を差し置いて新たな衣装を注文することもできませぬ。侍女達も同じく、最下位の后宮の者は上位の后宮より贅沢《ぜいたく》をするわけにいかず、帰莎のように実家が裕福だった者には腹立たしいことばかりなのです」

「でも衣装を注文することはできるのでは？」

董胡は食材ぐらいしか注文したことはないが、序列が下がった時でもまあまあの食材は手に入った。

「序列によって注文できる物に制限があるのです。例えば、宝物殿にある秘宝と言われている黄翡翠《きひすい》の姫冠《ひめかんむり》などは、皇后と決まった方しか身につけることはできません。最上位のお后様ならその他のすべての宝飾を借りることができますが、私のように最下位の后は稀有《けう》な宝飾品は一切貸して頂けないのです」

「そうなのですか……」

知らなかった。

上位の后が借りなければ、空いている宝飾は他の后が借りることができるのだと思っていた。

(そういえば、一度序列が下がった時に干ししいたけはもらえなかったっけ)

あれは無いのではなく、低い序列だから出してもらえなかったのだ。

「衣装もそうです。私が欲しい衣装は、今の立場では注文すらできないのです。高価な衣装が欲しければ実家に頼むしかありません。けれど義父上《ちちうえ》様も階《きざはし》から落ちて大怪我をされてから、殿上《てんじょう》会議に来られるだけで后宮に立ち寄っても下さいませぬ」

「階から落ちて大怪我……」

それは確か董胡が、黎司を暗殺しようとする虎氏の謀略を食い止めた代わりに、鼻の骨を折る災難を受けたと言っていたそのことだろう。

あれでばちが当たったと恐れおののいた虎氏は、王宮に近付くことも怖くなったのかもしれない。

まさかこんなところに影響を与えていたとは思いもしなかったが。

回りまわって雪白のような関係のない人が辛《つら》い思いをするのは気の毒に思う。

「奏優殿はそんな私の力になりたいと足繁くこの后宮に通って、あれこれと帝を射止める方法を考えて下さいますが、どれも的を射ず帝の心は離れていくばかりです。私の許《もと》にお渡りくださるようにと帝に口添えするといつも約束して帰って行かれますが、相変わらず帝は月に一度だけ挨拶に来られ、私の顔を見ようともなさいませぬ」

なんだかどろどろとした話になってきた。

それは奏優が口添えするものの帝が寄り付かないのか、それとも口先ばかりで本当は口添えなどしていないということなのか……。

雪白は、本当は口添えなどしていないと思っているのだろう。

「帰莎はこのような私の許では肩身の狭い思いばかりで出世もないと、奏優殿を唆《そそのか》し、白虎の一の后に成り代わるよう画策しているのでございます。それで私を呪い殺そうと……うう……ひどいわ……私には味方など誰もいないのです……うう」

「ま、まさか……そこまでは……」

絶対ないとは言えないが、さすがに考えが飛躍し過ぎじゃないだろうか。

(もしかして気鬱《きうつ》で妄想気味になっているとか……)

気鬱は平民の中にも時々ある症状だ。

たいていは子を亡くしたなどの、大きな要因となるものがある。

女性の場合は恋愛がらみや、産後の一時的なものが多かった。

恐怖や不安に苛《さいな》まれ、周り中が敵に見えるという経過はよくある。

彼女達は、相手の善意すらもすべて悪意に変換して怯《おび》えていた。

(目を見て、きちんと診察すれば判断がつくのだけど……)

顔も見ない脈も測れないままの問診では分からない。

「もしかして……先生は私を疑っていらっしゃるの？」

御簾《みす》の向こうから、絶望するような声が聞こえてどきりとした。

「い、いえ……。疑ってなど……」

「これを見て下さいませ」

雪白は菫胡の言葉を遮るように言って、御簾から再び白い手をこちらに伸ばした。

先程と違って手の平を上にして手首まで見えている。その手首には……。

「これは……」

できたばかりの大きなみみず腫《ば》れがあった。

「本当は帰莎に内緒で玄武のお后《きさき》様に文を送ったのです。帰莎に頼んでも許してくれるはずなどございませんもの。勝手に往診をお願いしたことに怒り、鞭《むち》で打たれました。今朝のことでございます」

「お后様を鞭で？」

確かに下働きの雑仕には鞭で打たれたような跡があったが……。

后を鞭打つなどさすがに問題だ。

「虎氏様に訴えてみてはどうでしょうか？　別の侍女頭に替えて頂くように」

「一度こっそり義父上様に文を出そうとしました。けれど王宮外への文は管理が厳しく、帰莎に見つかり協力してくれた侍女がひどい折檻《せっかん》を受け、后宮から追い出されてしまいました。彼女は里に戻され心を病んで自死してしまったと聞かされました。それ以来、帰莎を恐れて誰も私に協力してくれなくなったのです」

「そんな……で、では陛下にお話ししてみては……」

黎司ならばきっと助けてくれるに違いない。

「陛下がお越しの時は、控えの間に必ず帰莎がいます。陛下の前で、さすがに今日のように取り乱して出ていくように声を荒らげるわけにもいかず……。せめて陛下が御簾の内まで入って下されば訴えることもできるでしょうけれど……」

「御簾の内……」

御簾の内に入るということは、貴族の間では男女の一線を越えることを意味する。

中には例外もあるだろうけれど……。

「玄武のお后様から陛下に口添えして下さるように、先生から頼んではもらえませんでしょうか？」

「わ、私からお后様にですか!?」

それはどうなのだろう？

気の毒な雪白を助けてあげたいとは思うけれど、鼓濤から黎司にそれを言うとなると、いろいろ問題があるような気がする。

百歩譲って頼んだとして、玄武の鼓濤も実はいまだに帝が御簾の中に入ることを拒んでいる。その鼓濤が他の后の御簾に入ってあげて下さいなどと言えるだろうか。

そんなことを言えば、まずは鼓濤の御簾を上げてみせよと言われるに違いない。

やっぱり無理だ。

「すみませんが……それはちょっと……」

「うう……やはり先生も私を見捨ててしまわれるのね。青龍のお后様を救って差し上げたと聞いて、慈悲深い玄武のお后様なら助けて下さるかもしれないと思ったのに……」

しくしくとすすり泣く声が御簾ごしに聞こえてくる。

気まずい。

助けてあげたいけれど、医術以外のことにこれ以上首を突っ込むべきではない。

さっさと診察だけして帰ろう。

「す、すみません。私はお后様の専属医官であって、そのような申し出をできる立場にございません。ですが、医官ですのでお薬を処方することはできます。呪いのことは分かりませんが、体が重いとのことでしたのでそれが改善されるような処方箋《しょほうせん》をお渡ししましょう」

診察も満足にできず、無難な薬を出すことぐらいしかできないが、それで納得してもらうほかない。

(さて何を処方すべきか……)

初対面の董胡に対して、泣いて縋《すが》る様子からして情緒が不安定になっているのは間違いない。気の乱れを考えるべきだろう。

気の乱れには大きく分けて三つの状態が考えられる。

まずは気滞《きたい》。

気がうまく流れず、呼吸が停滞し喉《のど》に異物感があったりすることが多い。これは青龍の翠蓮姫の症状に当てはまる。

だが雪白には取り乱した時にも翠蓮のような呼吸の停滞はない。

(気滞ではないか……)

次に考えられるのは気逆《きぎゃく》。

これは気が逆流して上半身に気が集まっている状態だ。

頭痛やめまい、動悸《どうき》などが主な症状となるが、問診ではそのような雰囲気はない。

(気逆でもなさそうだ)

最後に考えられるのは気虚《ききょ》。

気の不足により倦怠《けんたい》感やだるさといった症状が出て、体の機能全体が低下してしまう。

それらが体の重さとなって感じることはよくあることだ。

(やはり気虚か)

万が一、呪いのせいだとしても、症状としては気虚に当てはまるだろう。

(補中益気湯《ほちゅうえっきとう》がいいかな。それとも六君子湯《りっくんしとう》か……)

「あの、雪白様。胃もたれや吐き気などはございませんか？　それとも腹下しのような症状は……。それからめまいや頭痛などは……」

問診を進めようとする董胡だったが、雪白はそれには答えず別のことを尋ねた。

「ねえ……玄武のお后様は陛下が来られた時はどのようにお過ごしなのかしら？」

「え？」

「玄武のお后様は昔攫《さら》われた姫だという話は本当なのかしら？　偽者《にせもの》の姫君と言う人もいるようですけれど……まさか、そのようなことはないでしょうね」

どきりとした。

なぜ白虎の后がそんなことまで知っているのか。

「怪しげな術で陛下を虜《とりこ》にしているなどと噂する人もいるようですけれど……」

「まさか！　誰からそのような噂を……？」

玄武の后宮にいる董胡の耳には入って来ないが、王宮の中には鼓濤の素性を疑い、そんなでたらめな噂を流している人物がいるのか。

真実も混じっているのが嫌な感じだ。

「いえ……私はもちろん信じていませんわ。でも奏優殿が……」

「奏優様が？」

帝の侍女頭ならば后の情報も詳しく知ることができるだろう。

でも知っていればこそ、軽々しくよそで話していい内容ではない。

「だから奏優殿にはお気を付けなさいませとお后様にお伝え下さいね。あの方は私だけではなくお后様全員がお気に召さないのよ。特に帝《みかど》の寵愛《ちょうあい》が深い玄武のお后様のことは目の仇《かたき》にしていらっしゃるようでしたわ」

「ええ。先日も玄武のお后様の正体を暴いてみせるなどと恐ろしい言葉を吐いていかれましたわ。私はそのようなことはおやめくださいと窘《たしな》めるのが精一杯で……」

「………」

帝の侍女頭の奏優は、そんなことを考えていたのか。

雪白への呪いは半信半疑だったが、危険人物なのは間違いなさそうだ。

奏優に鼓濤の正体を暴かれてしまったら、もう終わりだ。

迷いなく黎司に伝え、弁解の余地もないままに鼓濤が董胡だと知られてしまう。

それだけは避けたい。

「私は玄武のお后様の味方ですわ。たとえお后様が私のささやかなお願いさえも帝に伝えてくださらなくても、そんなことでお恨みしたりなど致しませんわ。同じ后として仲良くしたいと思っていますの。もしも何か悩んでおられるのなら、いつでも参上致しますとお伝えくださいませね」

そういえば、序列が上の后からしか声をかけることが許されないのだったか……。

最下位の雪白からは、他の后に声をかけることなどできないのだ。

だから鼓濤に声をかけてくれるよう、董胡から伝えてくれと言っているのだろう。

そうして懇意になって鼓濤の味方をしてくれるというのか。

(雪白様と仲良くなって奏優様の動きを知らせてもらうべきだろうか)

雪白と仲良くなっておけば、そのうち白龍の情報も何か聞き出せるかもしれない。

「雪白様のありがたきお言葉、我がお后様《きさき》もお喜びになるでしょう」

董胡は迷いつつも答えた。

「私ね、玄武のお后様とずっと仲良くしたいと思っていましたの。だから必ず伝えてくださいませね。お願い致しますよ、先生」

「ええ。分かりました」

白虎の后宮はいろいろ問題を抱えていそうだが、后の雪白自身はそう悪い人でもなさそうだ。おまけに奏優の動向も知らせてくれるなら助かる。

(鼓濤として、一度雪白と会ってみるのもいいかもしれないな。朱璃様も呼んで、后のお茶会でも開いてみるか)

だがとりあえず今日は処方箋だけ書いて帰ることにした。

話を聞いたところ、多少の気鬱《きうつ》はあるものの病と言えるほどのものでもなさそうだ。

董胡は気休め程度の薬湯の処方箋だけ書いて雪白の許《もと》を辞したのだった。

三、花宴《かえん》の節《せち》

皇宮の大庭園には、笙《しょう》や篳篥《ひちりき》を奏でる雅楽の音色が響き渡っていた。

桜が開花するこの時季、帝《みかど》主催の花宴の節が開かれる。

満開の桜を見渡せる大座敷には帝を中心とした四公が座し、その後ろには神官や重臣達がずらりと並んでいる。

四人の后達も御簾《みす》で仕切った特等席から宴《うたげ》を楽しんでいた。

大庭園には朱塗りの欄干で囲った舞台が作られ、奥には雅楽の奏者達がそれぞれの楽器を美しく奏でている。

舞台の周りには八局の色に染められた厚地の毛氈《もうせん》が敷かれ、貴族達が同僚と酒を酌み交わして談笑していた。

舞台の上では、桃李花《とうりか》という曲目を四人の神官達が舞っている。

桃李花などという可愛らしい曲目だが、緋色《ひいろ》の袍《ほう》服姿の神官が長い下襲《したがさね》の裾《きょ》を翻《ひるがえ》しながら勇猛に舞う厳かなものだ。

黄鐘調《おうしきちょう》の音域の広い楽の響きが、舞を一層引き立ててくれる。

だが、皆が宴に興じている中、御簾で仕切られた一室だけは別世界のように重苦しい空気が流れていた。

「あなたという人は……」

不機嫌な顔で腕組みをして告げる美しい姫君。

「も、申し訳ありません……」

そして角髪《みずら》に結った髪でひれ伏す紫の袍を着る医官。

「私に何の相談もなく、あの恐ろしい若君と共に角宿《かくしゅく》まで行くなんて！」

「ご、ごめんなさい、朱璃様。尊武様に脅されて、行くしかなかったのです」

董胡は今回も医官姿で朱璃の御簾の中に呼ばれていた。

鼓濤姿で王宮内をうろつくよりも、この方が安全だからそれはいいのだけれど……。

「そんな大事なことをどうして私に相談しないのですか？　あなたが角宿に行ったと知って、私がどれほど心配したか分かりますか？」

「すみません。あの時は尊武様に正体がばれたことですっかり動揺してしまって……」

「そういう時は私に相談するように言ったはずですよ」

「ですが……朱璃様を巻き込むわけには……」

「何を水くさいことを！　私とあなたの仲ではないですか！」

「え？」

どういう仲だっただろうかと改めて考える董胡に朱璃はにじり寄ると、いきなり手を伸ばし女と思えぬ怪力でぎゅっと抱き締めた。

「ちょ……く、苦しい、朱璃様！」

「このまま腕の中に囲い込んで離さないでおきましょうか。あなたという人は放っておけば、どんな無茶をするか分からないのだから」

半ば本気のような呟《つぶや》きに、朱璃がどれほど心配していてくれたのかよく分かった。

「濤麗様の時のように……突然消えてしまうのではないかと、どれほど不安だったか」

「朱璃様……」

それほどまでに不安にさせていたのかと、改めて申し訳なく思う。

朱璃は董胡に亡き母・濤麗を重ねているのだろうけれど、母と同じぐらい大切に思ってくれていることは間違いない。

「き、気持ちはよく分かりました、朱璃様。ですが私は今、男性医官の姿をしているのですよ。誰かに見られたら大事になります」

皇帝の后が男性医官と抱き合っていたりしたら、何を言われるか分からない。

下手をしたら死罪か幽閉もありえる。

「大丈夫ですよ。御簾を下ろして人払いしているのですから。外は禰古《ねこ》が見張ってくれているはずです」

「その禰古様がさっきからあのように……」

「ん？」

菫胡が指差す先には、御簾の隙間から片目を覗《のぞ》かせる禰古がいた。嫉妬《しっと》丸出しの視線で菫胡を睨《にら》みつけていたが、朱璃と目が合うと慌てて御簾を閉じる。

それを見て、ようやく朱璃は腕を緩め菫胡を解放してくれた。

「まったく困った子ですね。御簾の外を見張れと言ったのに」

禰古の愛は侍女頭の範疇《はんちゅう》を超えてしまっているらしい。

先日聞いた白虎の侍女頭の話と真逆だ。

そのことも少し朱璃に相談してみようと思っていた。

だがまずは高原の地で養い親の卜殷から聞いた菫胡の生い立ちについて、朱璃に話さねばならない。特に濤麗の最期について、一番知りたがっているのは朱璃だろう。

「実は朱璃様。今回の角宿行きで、私の生い立ちについて少し判明したのです」

「えっ！　そうなのですか？」

朱璃は驚いたように声を上げた。

「私を育ててくれた卜殷先生は、玄武公から逃げて東の高原にいました。私は遊牧民のロー族に攫《さら》われたおかげで、偶然卜殷先生に再会することができたのです」

ローの神の言葉が聞こえるカザルは、すべては必然なのだと言っていた。

しかし菫胡にとっては、どれもが命懸けの極限を辛うじて生き延びたようにしか思えないのだが、平穏な日常に戻って振り返ってみると、すべてが神の采配《さいはい》だったような気がしてくるから不思議だ。

「私は濤麗様の娘で間違いないようです。卜殷先生は濤麗様の専属医師の補佐を命じられていたそうです。そして私は母と共に殺される運命を逃れ、託されたのだと」

「殺される……」

朱璃は董胡が濤麗の娘に間違いないことよりも、殺されるという言葉の方に反応していた。

「では……やはり濤麗様は殺されていたのですか……」

穏やかな死に方ではなかったことに視線を落とす。そしてすぐに顔を上げた。

「誰に!?　もしかして玄武公に!?」

朱璃も、濤麗は玄武公に殺されたのだと思っていたようだ。

しかし董胡は首を振った。

「いいえ。玄武公ではなかったようです。玄武公は姿を消した濤麗様を屋敷総出で捜索していたようです。けれど黒水晶の宮の裏山で死体となって見つかったそうです」

ここまでは尊武が語っていた。

尊武の話だからどこまで信じていいか分からないが、卜殷の話とも一応符合している。

「残念ながら誰に殺されたかまでは分からなかったのですが、母は赤子の私を連れて何者かから逃げようとしていたようです。けれど殺されてしまった。辛うじて私を抱いて逃げてきた専属医師が返り血を浴びていたという話でしたから、誰かに斬られたのだろうと思います」

「斬られた……」

朱璃は悲しげに顔を歪《ゆが》めた。

母のことをまったく覚えていない董胡よりも、ずっと想い続けていた朱璃の方が悲しみは大きい。

しばし物思いにふけっていた朱璃だったが、やがて思い直したように尋ねた。

「それであなたはどうして平民医師のもとで育つことになったのですか？　私にすべて話して下さい。もう隠し事はなしですよ」

董胡は肯《うなず》いて、高原で聞いた話をすべて話した。

ついでに角宿であったことや、尊武についても洗いざらい打ち明けた。

朱璃は数少ない、すべてを打ち明けられる相手だった。

唯一内緒にしていることといえば、董胡にだけ視える麒麟の力らしきものだけだ。

それは濤麗の娘と分かった今となっては隠さなければいけないほどでもないが、言わなければいけないほどのことでもない。今はそれ以上に話すべきことが多くあった。

すべてを聞き終えて、朱璃は考え込んだ。

御簾の外は新たな演目が始まったのか、大きな歓声が聞こえている。

「つまり……すべてを知っているのは盲目の専属医師、白龍様だけということですね」

濤麗が殺された場所に居合わせたのは白龍だけだ。

濤麗が何に悩み、誰から逃げようとしていたのかも、白龍なら知っているはずだった。

「はい。盲目ではありますが、シャーマンのような力を持っていたようですから、きっと誰に殺されたのか分かっていたのではないかと思います」

「うーん……。生きているなら、なんとか捜し出せないものでしょうか」

「卜殷先生は高原にいるかもしれないと、もうしばらく留《とど》まって捜してみるとおっしゃっていました」

「高原ですか……」

さすがに簡単に捜しに行ける場所ではない。

「実は、卜殷先生が高原でなければ白虎の麒麟の社《やしろ》にいる可能性もあると話してくれました。そこに白龍様の友人がいるようなことを聞いたことがあると……」

「白虎に？　でも麒麟の社といってもたくさんありますよ？」

「どこの社か分かりませんが、玄武公も当時捜したけれど見つからなかったようなので、ありきたりな社ではないのかもしれません」

「麒麟の社ですか……」

朱璃は何か考え込んでいる。

「捜しに行きたいけれど、白虎に行くような口実も思いつかないですし……」

董胡が願い出たとしても、青龍行きですらあれほど反対した黎司が、白虎に行くことを許してくれるはずがない。

けれど朱璃は何かを思いついたように目を輝かせた。

「いや、待って。もしかして捜しに行けるかもしれないですよ」

「え？」

董胡は驚いて聞き返した。

「私にいい考えがあります。ふふ。ちょうど私も王宮暮らしに飽きていたのですよ」

愉快ないたずらを思いついたような朱璃に不安がつのる。

「え？　朱璃様も一緒に捜しに行くつもりですか？」

「もちろんですよ。あなた一人でなんて行かせるわけがないでしょう」

「で、ですが……さすがに后《きさき》二人が王宮を留守にするわけには……」

「ふふふ。それができるのですよ」

朱璃は不敵な笑みを浮かべる。

「な、何を企《たくら》んでいるのですか？」

「いいから、いいから。私にお任せなさい。首尾が整ったら文で知らせますから、旅支度をしておいてください」

「旅支度って……」

なんだか嫌な予感しかしない。

「とりあえず難しい話は置いておいて、まずは宴《うたげ》を楽しみましょう。今日は朱雀から『紅薔薇貴人《べにばらきじん》』の舞団も呼んでいるのですよ。そろそろ始まる頃でしょう」

そういえば董胡も渡すものがあったことを忘れていた。

「そうだ。朱璃様に桜の塩漬けをお持ちしたのです。湯を入れると桃色の花が開いて美味《おい》しい花茶になります」

先日から漬け込んでいた桜の塩漬けがようやく完成した。

風呂敷《ふろしき》包みを開いて小箱にぎっしり詰め込んだ桃色の花を見せると、朱璃は顔をほころばせた。

「これは見事な塩漬けですね。さっそく禰古を呼んで花茶を淹《い》れてもらいましょう」

しかし朱璃が声をかける前に、御簾《みす》の隙間から禰古がひょっこり顔を出した。

盗み聞きをしていたのかと思ったが、禰古の背後にもう一人大柄な女性が立っている。

「姫様。青龍の侍女頭が挨拶《あいさつ》をしたいとお見えでございます」

「鱗々《りんりん》！」

会うのは久しぶりだ。

「ちょうど董胡もいる。入っておいで。禰古はこの桜の塩漬けで花茶を淹れてくれるかな。たくさんあるから禰古達も飲んで一休みするといいよ」

朱璃は塩漬けの入った小箱を渡し、気さくに告げる。

「まあ、可愛い……」

御簾の外で侍女達が喜ぶ声が聞こえてくる。

それらを横目に見ながら、鱗々が御簾の中に入ってきた。

「朱璃様、董胡先生。お目通り頂きありがとうございます」

鱗々は動きやすい青い下袴《したばかま》の侍女服で二人の前にひれ伏した。

「そんなに畏《かしこ》まらなくていいよ。楽にして、あなたも花茶を飲んでいきなさい」

朱璃はいつもの気安さでお茶に誘う。

「いえ、姫様が待っていますので、一言ご挨拶だけをと思って参りました」

「青龍のお后様は宴に出席しておられるのですか？」

朱璃が驚いて尋ねた。

以前は体調不良で、姫君不在の参加ばかりだった。

「はい。あれからずいぶん回復なさり、今回は初めて宴に参加されています。帝《みかど》からは体が辛《つら》くなったらいつでも宮に戻ってよいとおっしゃって頂いています」

黎司との関係も良好のようだ。

以前は恐ろしい帝だと怯《おび》えて過ごしていたようだけど、もう大丈夫らしい。

「それは良かった。もう少し元気になったら、朱雀の后宮にも遊びに来てくださいとお伝えください」

「は、はい。ありがとうございます！」

朱璃に一通りの挨拶を済ませると、鱗々は董胡に向き直った。

「董胡先生にも、我が青龍のために特使団にまで付き添って頂き、此度《こたび》も大変な活躍をされたとのこと、心よりお礼申し上げます。ありがとうございます」

どんな風に話が伝わったのか、ひどく過大評価されている。

「い、いえ、活躍だなんて。どちらかというと高原にまで攫《さら》われて、特使団の皆様にはご迷惑をかけてしまったぐらいで……」

「いいえ。我が父と兄から聞いております。董胡先生なくして今回の特使団の成功はなかったと申しておりました」

二人はそんな風に話してくれていたのだ。

「いえ、まさか。私の方こそ月丞《げつじょう》様と空丞様のおかげで無事に帰って来られたようなものです。こちらこそお礼を言わせてください。ありがとうございます」

空丞がいてくれなければ、おそらく尊武に山道で蹴落《けお》とされていたことだろう。

「ところで玄武のお后様は本日も欠席なさっておられるのですか？」

鱗々は心配そうに尋ねた。

「実は玄武のお后様にご挨拶をしようと、先にお伺いしたのです。そちらに董胡先生もおられるかと思っておりましたので。ですが今日もおられないと断られました。玄武のお后様の方こそ、どこかお体の具合が悪いのでしょうか？」

董胡は朱璃と顔を見合わせた。

前にもそういえば、鱗々は同じように玄武の后を訪ねて不在を告げられている。

実はその后が目の前にいるとは思いもしないだろう。

戸惑う董胡の代わりに、朱璃が答える。

「ご心配には及びませんよ。たまたま宴の日に熱を出してしまったのが重なっただけです。普段は元気にお過ごしになっておられます」

「それならば良いのですが……」

　鱗々はそれでも納得できないように口ごもった。

「何か気になることでもあるのですか？」

　朱璃が再び尋ねた。

「じ、実は……その……」

　何かを言いかけた鱗々だが、思い直したように口ごもる。

「気になることがあるならおっしゃいな」

　朱璃に促され、鱗々は観念したように口を開いた。

「実は……玄武のお后様について、良からぬ噂を流す者がいるようです」

「良からぬ噂？」

　董胡はどきりとして聞き返した。

「……はい。なんでも……玄武のお后様は偽者だとか……。昔攫われて行方知れずになっていた姫君に、素性怪しき者が成り代わっているのだとか……」

「!!」

　董胡は青ざめ、朱璃が声を荒らげた。

「誰がそんないい加減な噂を流しているのです！」

　朱璃の剣幕に鱗々が慌てる。

「わ、私はもちろんそんな噂など信じておりません。ですが、下働きの女嬬《めのわらわ》や雑仕達の間で噂になっていて、侍女達の耳にも入ってきたようなのです。無礼を承知でお知らせするべきなのではと思って……す、すみません」

鱗々は恐縮して謝った。

「いいえ、声を荒らげてしまってすみません。あなたに怒っているのではないのです。よく教えてくれました。玄武のお后様を心配して言ってくれたのでしょう？」

「はい……」

きっと伝えるべきか悩んで、怒りを受けると覚悟して注進してくれたのだ。

「けれど下働きから広まるというのは厄介ですね」

王宮では地位の高い女性ほど閉鎖的で行動範囲が狭い。

后はもちろん貴族の侍女達はほとんど自分の宮から出ることがないが、宮に仕える下働きの者たちは違う。

洗濯場に行くこともあれば、使いに行くこともある。

時には雑務に駆り出され、他の宮の下働きと顔を合わせることも日常茶飯事だ。

中にはおしゃべりな者もいて、どこから仕入れたのか驚くほどの情報通もいるらしい。

もっとも、過去にはおしゃべりが過ぎて罰せられた者もいるので、ある程度の節度は持っているはずだろうけれど。

「四公の垣根を越えて王宮全体に広まっている可能性が高いですね。いったい誰から聞いたのか分かりませんか？」

朱璃は鱗々に尋ねた。

「私も気になって、噂していた雑仕を問い詰めました。すると……」

鱗々は少し躊躇《ちゅうちょ》したものの、決心したように答えた。

「白虎の雑仕から聞いたようでございます」

「白虎……」

董胡はなんとなくそんな気がしていた。

その噂は董胡自身も白虎の姫君から聞いていた。

「白虎の雑仕というのは洗濯場などで会っても黙々と仕事をするばかりで、話しかけても挨拶も返さないような陰気な人が多く、今までほとんど交流もなかったそうです。なのになぜか急に話しかけてきたというのです。こんな噂を知っているか、と」

董胡も白虎の后宮《きさきぐう》に行った時に見かけたが、侍女を含めみんな暗い印象だった。

賑《にぎ》やかにおしゃべりに興じるという雰囲気はまるでなかったのに。

「わざと噂になるように流しているということでしょうか？」

朱璃は首を傾げた。

「断定はできませんが、気になりましたので董胡先生にお伝えしようと思って参りました。我が宮の者達には、そのような噂を軽々しく話してはならぬと厳しく指導しておきましたので、どうかお許しくださいませ」

「いいえ。教えてくれてありがとうございます」

鱗々は伝え終わると、姫君が待っているからと退出していった。

残された董胡と朱璃は、禰古が淹《い》れてくれた花茶を飲みながら話し合う。

「実は朱璃様に白虎のお后様のことを話そうと思っていたのです」

「白虎のお后様？　何かあったのですか？」

董胡は白虎の后に呼ばれて診察に行った日のことを話した。

そこで話した内容と后宮の雰囲気なども細かく説明する。

聞き終えた朱璃は眉間《みけん》を寄せて不審を浮かべた。

「ではなんですか。帝に雪白様の御簾《みす》に入ってくれと……玄武の后に口添えしてくれと頼んだというのですか？　図々《ずうずう》しい」

朱璃はそこに一番腹を立てたようだ。

「図々しい？」

「当たり前でしょう。皇帝の后というのは帝の寵《ちょう》で人生を左右されるのですよ。たとえどんな理由があろうとも、他の后の御簾に入ってくれなどと頼めるわけがないでしょう。そんなことを頼めば、帝とて他の后を愛してくれと言われたようで、気分を害されるに違いありません」

「み、帝はそういう風に思われるのですね」

董胡はそこまで考えていなかった。

「まさか受け入れたのではないでしょうね？」

「あ、いえ。それはお断りしました」

董胡は自分の正体がばれることを心配して断ったのだが、しっかり断って良かった。

「私の育った妓楼《ぎろう》では、上客の取り合いは日常でした。妓女達はみんな、あの手この手で上客を摑《つか》もうと策をめぐらしていました。どんな手を使おうとも、上客を射止めた者が勝者です。自ら上客を譲るなんて美談でもなんでもありません。ただの馬鹿です。人が好《よ》いなんて褒められるはずもなく、どんどん待遇が悪くなって落ちていくだけです」

厳しい女の世界を見てきた朱璃だから、余計腹が立つのだろう。

董胡はずっと男として生活していたので男性目線で女性を見るくせがついていて、女性同士の腹の探り合いというのが身についていない。

妓楼などに入っていれば、きっとただの馬鹿に成り下がっていただろう。

それに気づいたのか、朱璃は董胡を見て肩をすくめた。

「けれど……育ちのいい深窓の姫君ならば、駆け引きも分からず応じてしまう人もいるのかもしれませんね。それを見越して頼んだならば、雪白という姫君は結構な策士かもしれないですよ」

朱璃はすっかり雪白に嫌悪を抱いたようだ。

朱璃があまりに毛嫌いするので、董胡は雪白を擁護したくなった。

「で、ですがもしかして雪白様も高貴なお育ちで、そんなことは何も分からず単純に帝《みかど》に相談したくて頼んだだけかもしれませんが……」

直接顔を見ていないので分からないが、気鬱《きうつ》を患っていて情緒が不安定なのかもしれない。本当に藁《わら》にも縋《すが》る思いで頼んだなら、やっぱり気の毒にも思う。

「まあその可能性も無いとは言えませんが、私は気に入らないですね。雪白様のことは放っておきなさい。もう往診にも行かないことです。いいですね？」

青龍の翠蓮姫の時は勝手に行きますと答えたくせに、ずいぶん扱いが違う。

朱璃も呼んで、雪白と三人でお茶会でも開こうかと思っていたが、言い出せる雰囲気ではなくなっていた。

「侍女頭の奏優についても、禰古に大朝会で探らせましょう。雪白様には関わらないことです。いいですね？」

朱璃に念を押されて、気付けば花宴の節はお開きとなっていた。

四、動き出す雪白

花宴の節の片づけも終わり、王宮に日常が戻ってきた頃、黎司は近従の手燭《てしょく》に先導されながら貴人回廊を渡っていた。

本当は玄武の后宮に行こうと思っていたのだが、急遽《きゅうきょ》白虎の后宮に行くことになった。

回廊の脇に目をやると、松明《たいまつ》に照らされた水仙の黄色と白が闇に浮かんでいる。

黎司はふと足を止めて、秋にこのあたりで董胡と会った日を思い出していた。

被衣《かずき》で姿を隠し、紅菊の花壇でこっそり会った。

人目につかぬように被衣の中に董胡を囲い込むと、ずいぶん驚いた顔をして自分を見つめていた。なぜそんな顔をしているのかと思ったのだったが……。

「思い返せばあの頃から……」

ずっと心にひっかかるものがあった。

「董胡……。そなたはもしかして……」

先日厩舎《きゅうしゃ》で会った時も、その小さな手や細い首筋ばかりに目がいってしまった。

五年も経てば髭《ひげ》をはやした青年になっているかもしれないと思っていたのに、再会した董胡は少し背が伸びたぐらいで未《いま》だに少年のようで不思議に感じたことを思い出す。

疑念はどんどん広がり、このところそのことばかりを考えていた。

「陛下……」

いつまでも立ち止まっている黎司を促すように、近従が声をかける。

「ああ、すまない。行こう」

黎司は疑念を振り払うようにして、歩を進めた。


「お待ちしておりました、陛下。お越しくださり嬉《うれ》しゅうございまする」

黎司は真っ白な部屋に敷かれた厚畳《あつだたみ》に腰を下ろし、雪白の挨拶《あいさつ》を受ける。

「うむ。奏優からそなたの文を受け取っていた。特使団の後処理と宴《うたげ》の準備で忙しく、来るのが遅くなって済まなかったな」

大切な相談があると書かれた文だったが緊急性はないようで、つい忙しさに後回しにしていた。

だが宴も終わり、まずは鼓濤の許《もと》に先触れを出そうとしていると、奏優に怒られた。

「雪白様は勇気を振り絞り文を出して、陛下のお越しをずっとお待ちになっておられるのに！　長らく陛下のお渡りを断っておられたような玄武のお后様の許へ行かれるなんて！　ひどいですわ！　文を預かった私の顔も立ちませんわ！　うう、ひどい……」

声を荒らげ詰《なじ》ったかと思うと、奏優はついに泣き出してしまった。

正直に言うと、どうにも白虎の后宮《きさきぐう》が苦手だった。

この真っ白な空間も居心地が悪く、全体にどこか陰気な雰囲気が漂い、自分を卑下して同情心を煽《あお》るような雪白の物言いも、追い詰められるような気がして重苦しい。

まずは玄武の后宮で董胡の料理を食べて、鼓濤との会話を楽しみ癒《いや》されたかったのだが……奏優に泣かれてしまっては応じないわけにはいかなかった。

「悪かった。すまなかった、奏優」

「雪白様は私の従妹《いとこ》で、幼い頃からよく知っています。それはそれは可憐《かれん》で美しく、貴族の姫君として厳しく育てられたお方でございます。素性の怪しい他のお后様とは格が違います。雪白様こそが陛下にふさわしいお方ですのに……」

奏優はしつこいほどに白虎の后を勧めてくる。

身内贔屓《びいき》もあるのだろうが、本当に黎司のために言ってくれているようなところが感じられ、邪険にしては申し訳ない気がしてしまう。

「白虎公・虎氏様のお身内だから警戒されているのかもしれませんが、雪白様はただ命じられて嫁いで来られただけです。警戒されるなら、玄武のお后様こそもっと怪しむべきでございますのに」

奏優は黎司の侍女頭として、后の素性についてもある程度の情報を得ている。

鼓濤が行方知れずだった姫君だと知って、ますます怪しんでいた。

「そんな怪しき后に陛下の寵を奪われるなど、どれほどの屈辱でございましょう。大朝会でも序列はいつも最下位で、侍女頭も肩身の狭い思いをされています。そんな侍女頭にも申し訳ないと、雪白様はいつも謝っておられるのですよ」

奏優はいつになくまくし立てた。

「わ、分かった。分かったから。明日は白虎に行くことにするよ、奏優」

なだめるように告げても、まだ納得できないようにブツブツ言っていた。

黎司の玄武贔屓が許せないのだろう。

確かに、これまで玄武公にされてきたことを思えば、考えられない行動だ。

最初こそは玄武公の意向を探るために、わざと足繁く通っていたのだろうと思って黙っていたようだが、気に入って通っていると気づいてからは、玄武の后の色香にすっかり惑わされてしまったのだと思っているようだ。

奏優としては、色狂いしてしまっている帝をなんとか正気に戻さなければと躍起になっているのだろう。

だが……。

(色狂いは言い過ぎだが、鼓濤に会って董胡の料理を食べたいと、常に熱望していることは確かだな。奏優が心配するのも無理もない)

昨日の奏優とのやりとりを思い出して、黎司は肩をすくめた。

「どうかなさりましたか?」

思いふける黎司に、雪白が心配そうに声をかける。

「いや、なんでもない。それよりも大事な相談とはなんだろう？」

実は以前にも一度、雪白にそのような文をもらって駆け付けたことがある。

しかし来てみれば、お気に入りの簪《かんざし》が壊れてしまったとかで、自分の序列では同程度のものが作れないので一の后としての体面が保てない、などという内容だった。

皇帝として、もっと重大な案件をたくさん抱えていた黎司は拍子抜けした。

結局そういう事はよく分からないので侍女頭の奏優に相談することにした。

奏優はうまく宝物庫を置く大蔵局《おおくら》に掛け合い、雪白が気に入る簪を手配してくれた。

それからは、同じ白虎出身ということもあり、奏優がいろいろな相談に乗っているらしい。そうして白虎の后のことは奏優に任せてしまっていた。

そんな前回の文のことがあるから、黎司もつい後回しにしていた。

今度は表着《うわぎ》でも破いたのだろうかと思っていたのだが……。

「お人払いをお願い致しまする、陛下」

雪白は震えるような声で黎司に頼んだ。

「人払い？」

この部屋にいるのは、雪白と黎司。それに御簾《みす》の隣に囲われた侍女の控えの間に、雪白の侍女頭達がいる。それから戸口に黎司の近従が一人拝座になっていた。

近従をもっと遠くに離せということなのか。

「私と陛下以外の者が部屋から出ていくように命じてくださいませ」

「そなたの侍女達もか？」

控えの間が少しざわついているのが聞こえる。

侍女達も聞いていなかったようだ。

「どうか……お願い致しまする。陛下……」

懇願するような雪白の声に、黎司は戸惑いながらも応じることにした。

さすがに后と二人きりになって斬り殺されるほど間抜けではないはずだ。

「しばし……皆下がるがよい」

ざわざわという声と共に、控えの間から侍女達が出ていったようだ。それを見届けてから、近従も黎司に一礼して戸口の外に出て行った。

二人きりになると、部屋の中は一層しんとして白い壁が重く感じた。

「陛下……どうか御簾の中へ……」

「…………」

大胆な誘いの言葉に黎司は無言のまま戸惑う。

(そういうことか……)

警戒心と共に、そこまで追い詰めてしまっているのかと申し訳なくも思う。

動かぬ黎司に業を煮やしたように、するすると目の前の御簾が上がった。

雪白はぎこちない手つきで御簾を半ばまで巻き上げて留めると、扇を開いたまま座り直した。

「どうかもう少しお側にお越しくださりませ、陛下。他の者に聞かれたくないのです」

扇を持つ手が震えている。

高貴な育ちの姫君が、相当の勇気を出して頼んでいるのだと思うと断れなかった。

黎司は御簾の中には入らず、手前まで進んで座る。

黎司が近づくと、雪白はぱたぱたと扇を閉じて素顔をあらわにした。

「！」

白い……眩《まぶ》しいほど白い肌が表着の白絹に溶け込むようだ。

美しく整えられた眉《まゆ》と切れ長に開いた細い目が典雅な曲線を描いている。

細面に細い鼻が形よくおさまり、薄い唇が艶《なま》めかしく潤っていた。

幼げに見える顔立ちなのに、妖艶《ようえん》ともいえる色っぽさがある。

そして儚《はかな》げに黎司を見上げて囁《ささや》く。

「陛下……どうかこの雪白を見捨てないでくださりませ……」

「…………」

黎司は人払いしてしまったことを後悔していた。

(斬り捨てられる危険はないが……こちらの方が対処に窮する……)

むしろ斬りかかりでもしてくれた方が、扱いようがあった。

「なぜ……私が見捨てるなどと思うのだ。たまたま他の后の問題が続いたゆえに、そなたの許に渡ることが少なくなってしまったが、冷遇しているつもりはない」

答えながらも言い訳がましく感じる。

「私は……義父《ちち》上様にも見捨てられ、侍女にも冷たくされて、どこにも居場所がございませぬ。陛下も月に一度、簡単な挨拶をしに来られるばかりで、誰も私のことなど気にかけてくださりませんわ。私はこの后宮に閉じ込められ、何をすれば良いのですか？」

后が何をして一日を過ごすべきなのかなど、考えたこともなかった。

鼓濤も朱璃も、そんなことを黎司に尋ねたことなどない。

鼓濤は董胡や侍女達と、薬草や料理のことを話しながら過ごしているのだろう。

きっと朱璃は舞を踊ったり酒を呑《の》んだりして気楽に過ごしているはずだ。

翠蓮はまだ病が残っていて、治療に専念しているだろう。

后達に何かを強いたり、こうあるべきなどということを命じたこともない。

「やりたいことをすれば良い。奏優が相談に乗ってくれているのだろう？」

「奏優殿は……陛下に私のことをなんと仰せでございますか？」

雪白は思い直したように尋ねた。

「私のことを悪く言っておられるのではございませぬか？　奏優殿は幼い頃から私のことを『のろまさん』と呼んでおられました。自由闊達《かったつ》で物怖《ものお》じなさらない奏優殿から見れば、私は内気で大人しくいらいらする相手だったようでございます」

黎司は驚いたように反論した。

「いや、奏優はそんなことは言っていない。そなたのことをいつも褒めているぞ」

「ですが侍女頭の帰莎といつも私の悪口を言っています。私がこのように頼りないから帝《みかど》の寵《ちょう》も得られず、帰莎はいつも序列が最下位で侍女頭として情けないと愚痴をこぼしているのです。最近では、帰莎はまるで奏優殿がこの宮の主《あるじ》であるかのように接するようになり、私のことを邪険にするようになったのです」

「まさか……。奏優はそなたの悪口を言っている感じではなかったが……」

つい昨日、奏優は雪白のために涙まで流して黎司に意見していたのだ。

とても信じられない。しかし……。

「これをご覧くださりませ、陛下」

雪白は突然自分の幾重にもなった袖《そで》をめくりあげた。

黎司はぎょっとして白過ぎる細い腕を見た。

「これは……」

「帰莎に鞭打《むちう》たれました」

そこにはみみず腫《ば》れになった痛々しい傷がいくつも刻まれていた。

「まさか……」

「帰莎はとても恐ろしい人なのです。私が虎氏様に訴える文を送ろうとしても、使いにやろうとした侍女を捕らえて折檻《せっかん》するのです。先日は奏優殿に相談してみたのですが、あろうことか帰莎に告げ口をされて、このように私が鞭打たれたのです。……ううう」

「奏優が？」

黎司は信じられない気持ちで呟《つぶや》いた。

「もう……陛下以外……縋《すが》れる人はいないのです。だから恥をしのんで人払いをして、このようなはしたないまねを……。うう……他にどうしていいか分からず……」

「雪白……」

まだ半信半疑だが、もし本当なら捨て置くことはできない。

少なくとも、鞭で打たれた傷は本物だ。

「すぐに医師を寄こそう。それから侍女頭の帰莎は中務局《なかつかさきょく》の叡条《えいじょう》に取り調べてもらおう」

叡条は中務局の尚侍《ないしのかみ》で、王宮の女官を取り仕切る長だ。

「お待ちください、陛下。それができないのです。……うう……」

「できない？　どうして？」

雪白は困ったように目を伏せてから、上目遣いに黎司を見上げた。

「実は……もう一つ、陛下に見て頂きたいものがあるのでございます」

「もう一つ？　なんだ？」

「寝所の畳の下で見つけたのです」

「寝所？」

黎司は戸惑うように雪白を見下ろした。

「ここに持ち出して帰莎に見つかってしまったら、私はまた折檻を受けます。そのまま寝所に置いておくしかなかったのです。どうかこちらへ……」

雪白は白い手で黎司の指先を摑《つか》んだ。

「どうか来てくださいまし。早くしないと帰莎が様子を見に戻ってきてしまいますわ」

急《せ》かされるままに、仕方なく黎司は御簾の内に入り、その裏側から通じる寝所へと足を踏み入れた。后の寝所《きさき》に入るのは初めてのことだ。

そこには真っ白な薄絹に囲まれた御帳台《みちょうだい》があった。

まるで招き入れることを分かっていたかのように、香が焚《た》かれ、燭台《しょくだい》に灯がともっている。まあ、帝が訪ねてくる時には、常に準備しておくものなのかもしれないが。

「こちらでござります。この敷布団の下に隠してありました。すみませぬが、畳を持ち上げるのを手伝って頂けますか？」

黎司は仕方なく御帳台の中に入り布団をずらし、畳を持ち上げた。

畳を上げた床下には小さな空間があり、漆塗りの四角い小箱が置かれてあった。

「これでござります。ああ……恐ろしい……。私はもう開けるのも恐ろしいのです」

震える雪白の代わりに、黎司は小箱の蓋《ふた》をそっと開いた。そして目を見開く。

「これは……」

藁《わら》で編んだ人形《ひとがた》が入っていた。

ご丁寧に頭の部分に被《かぶ》せるように長い髪までついている。

そして両手の部分には、木杭《きぐい》が打ち込まれて小箱に固定されていた。

「呪具《じゅぐ》か……」

さすがに直接見たのは初めてだが、そういう呪いがあることは知っている。

「先日、帰莎が私の毛先を整えましょうと言って髪を切りました。きっとこの呪具の髪は私の……ああ……恐ろしいこと……」

雪白はふらりと眩暈《めまい》を起こして黎司にしなだれかかる。

「帰莎は私を呪い殺すつもりなのです。けれど呪具は扱いを知らぬ者が安易に取り払うと呪い返しに遭うと聞きますわ」

「うむ。確かに……皇宮には呪具専門の神官がいる」

皇帝を呪い殺そうと画策する者はいつの時代にもいる。

皇宮にはそういう呪いから帝を守る結界を張っているが、中には結界内に持ち込むような者もいる。万が一呪具を見つけた時は、安易に持ち出さないように言われていた。

何もせずに専門の神官に任せた方がいい。

「いましばらく何も気付いていない振りをして、この呪具を先に祓《はら》ってくださいませ。さもなくば帰莎が陛下に告げ口した私にどのような報復をするのかと思うと恐ろしくて……ああ……生きた心地も致しませぬ……」

「う……む。ではすぐに専門の神官を連れてこよう」

雪白はがたがたと震えて、黎司の腕に取りすがった。

「どうか……完全に呪具を無効にできるまで、秘密裡《ひみつり》に……なるべくこの后宮の誰にも知られぬように事を運んでくださりませね。もしも帰莎に気付かれたら……今度はどのような折檻をされるのか……」

（よほどその侍女頭にひどい目に遭わされて、恐ろしいのか……）

鞭打たれた傷を見ると、雪白が極端に怯《おび》える気持ちも分かるような気がした。

「では明日の晩もそなたの許《もと》に渡る振りをして専門の神官を連れて来よう。今日のように侍女達は外に出して調べさせる。無事に呪具を取り除けたなら、そのまま帰莎を捕え取り調べさせよう。急いですべての手配をするから、一日だけ辛抱してくれるか？」

「はい……。今宵は恐ろしくて一人寝は辛《つろ》うございますが……」

雪白は窺《うかが》うように黎司を見上げた。そして険しい顔で呪具を見つめている黎司を見て諦《あきら》めたように続けた。

「眠れぬ夜を一人耐えることに致しまする……」

黎司は呪具の小箱を元あった通りに床下に収め、畳と敷布団を元通りにした。

「ではすぐに皇宮に戻って神官に話してみよう」

黎司は寝所から踵《きびす》を返して御座所《おましどころ》に向かおうとする。

その黎司の腕に雪白の細く華奢《きゃしゃ》な腕がまとわりついた。

「お待ちくださりませ。陛下」

黎司はやけに距離の近い雪白に戸惑う。

「奏優殿にもこのことは知られぬようにしてくださりませ。もしもまた帰莎に告げ口されたら……きっと私は二人に殺されてしまいます……」

「ああ、そうだな。もちろん奏優には気付かれぬように手配する」

再び歩き出そうとする黎司を追いかけてきた雪白は、厚畳のへりにつまずいたのか、

「きゃっ！」と短い叫び声を上げてつんのめる。

「危ない！」

黎司は思わず右手を出して雪白の体を支えた。

「すみませぬ、陛下……」

「!?」

腕の中で詫《わ》びる雪白の衣装は、どうしてそうなったのかというほどはだけていた。

表着は片袖《かたそで》が脱げて帯が緩んでいる。

はだけた裾《すそ》からは白い足が膝上《ひざうえ》まで見えていた。

「姫様、どうされま……」

雪白の叫び声を聞いて、侍女達と近従が慌てて部屋に入ってきた。

そして皆一様に絶句している。

そこには御簾《みす》の中ではだけた衣装の雪白を抱きとめている黎司の姿があった。

「こ、これは……失礼を致しました」

慌てて全員が目を伏せて、逃げるように退出する。

黎司は面倒な誤解をされたようだとため息をつく。

だが追いかけていって誤解だと弁解するのも変な話だ。

雪白は紛れもなく黎司の后の一人であって、このような場面を見られても誰に咎《とが》められることもない相手なのだ。

むしろむきになって弁解する方が雪白の体面を潰《つぶ》してしまう。

「怪我はないか？」

「はい。陛下が支えて下さったので大丈夫です。ありがとうございまする」

うっとりと微笑む雪白の見送りを受けて、黎司は皇宮に帰っていった。

五、久しぶりの薬庫

「董胡じゃないか！　久しぶりだな。青龍はどうだった？」

「うん。いろいろ大変だったよ、万寿《まんじゅ》」

董胡は久しぶりに薬庫の万寿を訪ねていた。

万寿には青龍に行く前に特使団の一員になったことを伝え、持っていくための大きな薬籠《やくろう》を貸してもらっていた。

「楊庵《ようあん》のやつもこのあいだ久しぶりに来たよ。しばらく顔を見せなかったから何してたんだって聞いたら、董胡がいないのに来る必要がないだろって言いやがる。ここを董胡と会うための集会所だと思ってんだよ、あいつは。……ったく」

実際は楊庵も密偵として青龍に行っていたのだが、それは言えないのだろう。

「兄弟子《あにでし》にまとわりつく腰巾着《こしぎんちゃく》みたいなやつだよな。迷惑ならはっきり言った方がいいぞ、董胡」

「いや、迷惑なんて……」

むしろ青龍では楊庵がいてくれたおかげでずいぶん助けられた。

弁解しようとする董胡の背後から、いら立った声が降ってきた。

「兄弟子は俺の方だって言ってるだろ！　誰が腰巾着だ！」

「楊庵！」

悪口が聞こえたのか、むっつりと薬庫に入ってきた。

「相変わらず耳がいいな。俺が悪口を言うと現れる」

万寿は可笑《おか》しそうに笑いを噛《か》み殺している。

お互い憎まれ口を叩《たた》いているが、なんだかんだと仲良くしているようだ。

「そうだ。これありがとう、万寿。助かったよ」

董胡は借りていた薬籠を万寿に差し出した。

「けど、ごめん。あちこちぶつけちゃって、中身もほとんど無いんだ」

高原に攫《さら》われた時についただろう傷やシミが残り、生薬もほぼ空っぽだった。

「こいつはすげえな。流行《はや》り病で派遣された医官でも、ここまで生薬を使い切ることはないぞ。何に使ったんだ」

使えそうなものは高原に残る卜殷や、角宿の拓生に全部あげてしまった。

「代金は払うよ。玄武のお后様《きさき》が薬籠も買い取るとおっしゃってくださっているんだ。買い取ることはできるかな？」

そのお后様とは董胡のことだが……。

「特使団の予算から出るだろうからそんなこと気にしなくて大丈夫だよ」

「でもどちらにせよ薬籠は一つ持っておこうかと思うんだ。手元に最低限の生薬があると安心だし」

朱璃は旅支度をしておけと言っていた。

もしかして白虎に行くことになるかもしれないから用意しておきたい。

「だったら俺に任せな。格安でいい生薬を揃えてやるよ」

「ほんと？　いつも助かるよ、万寿」

后が払うと言っても、あまり高額だと帝《みかど》に迷惑をかけてしまう。

「ちょっと奥に行って見繕ってくるから待ってな」

「うん。ありがとう」

万寿は董胡と楊庵を残して奥に入っていった。

楊庵と二人きりになると話したいことがたくさんあった。まずは……。

「偵徳《ていとく》先生はあの後大丈夫だったの？」

偵徳は尊武が昔自分を斬った憎むべき相手だと気付いて、激しい怒りと共に古傷が痛んで眠れなくなっていた。

董胡が処方した生薬で眠れたようだが、その直後に高原に攫われそれどころではなくなってしまっていた。

「ああ。ずっと寝てなかったからあの後二日も眠り続けたらしい。起きた時にはみんな高原に出払った後で、置いていかれたとずいぶん腹を立てていたそうだ。けどまあ、来なくて良かった。あの体で雪山は登れなかっただろうし、尊武様が近くにいて、何をしでかすか分からなかったもんな」

「うん。来なくて良かった。それで今は？」

「古傷の痛みはずいぶん良くなったみたいだよ。今は尊武様の弱みを見つけてやると言って、一日中部屋に籠《こも》って何か調べているみたいだ」

「尊武様の弱み？」

見つけられるものなら、董胡だって見つけて欲しいが……。

「とりあえずすぐに何かしでかしそうな感じではないいんだね？」

「ああ。まだ体も本調子ではないみたいだしな」

「何か動きそうになったら止めてよ。それですぐに私に知らせて欲しい」

「うん。分かった」

とにかく今すぐ何か起こしそうな感じではないようでほっとした。

「それで卜殷先生は何か言ってたのか？　結局俺は密偵達に連れ去られるようにして姿を消したから、何も聞く暇がなかったからさ」

卜殷に会った話は大まかにしか話せないままだった。

けれど楊庵にどこまで話していいものだろうかと、董胡はずっと悩んでいた。

董胡が玄武公の一の姫である鼓濤だということは、もちろん話せない。

いや話すべきなのか。でもどうしても気が進まない。

「卜殷先生は、なんで急にいなくなったんだよ。何があったんだ」

一人置き去りにされた楊庵は、ずっとそのことが引っかかっていたらしい。

「卜殷先生は……昔、亀氏《きし》様の診療所で働いていたらしいんだ。でもある日急に姿を消すことになって……」

「何しでかしたんだよ。酔っぱらって偉い貴族に無礼なことでもしたのか？」

いかにも卜殷がやりそうなことだけれど……。

「亀氏様に追われてたってことか？　董胡が医師試験に合格して、居場所が見つかったから逃げてたんだろう？　偵徳先生がそうに違いないって言ってた」

普通に考えればそういう予測がつくだろう。

まさか玄武公の一の姫を連れて逃げていたなんて思いつくはずもない。

「卜殷先生は楊庵のことを心配していたよ。無事だと聞いてほっとしてた」

「今更そんなこと言われたって、俺は怒っているんだからな。董胡もいなくなるし、あの時どれだけ絶望したことか……」

「うん、ごめん。ごめんね、楊庵」

「別に董胡に怒っているわけじゃねえよ。卜殷先生に怒ってるんだよ」

だがすべては董胡のせいだ。

卜殷も楊庵も董胡のせいで人生を狂わされてしまった。

「卜殷先生から聞いたんだ。楊庵は小さい頃から私を守るように言われてたんでしょ？

それが役目だって言われてきたんでしょ？」

「…………」

楊庵は急に何の話だという顔で董胡を見た。

「三つも年上で男なんだから守るのが当然だろう？　別に言われなくても守るさ」

「そういうことじゃなくて……」

楊庵は少し黙り込んでから、観念したように答えた。

「俺は……卜殷先生に出会った頃のことを少しだけ覚えている。何があったのか体中を殴る蹴《け》るされたような無残な姿で虫の息で道端に転がっていたそうだ。そんな俺を卜殷先生はもう助からないかもしれないと思いながらも連れ帰って手当してくれた」

「そうなの？　そんな話は一度もしてくれなかったよね」

ただ捨て子を拾ったとしか聞いていなかった。

「なんとか命を取り留めて、食べさせてもらった粥《かゆ》が信じられないほど美味《うま》かった。それ以前の記憶はまるでないが、きっと粥なんて食べられる環境じゃなかったんだろうな。俺はずっとここに居たいって心の底から願った。でも卜殷先生には元気になったら出ていけよって、ずっと言われていたんだ。そう言われるたびに、元気になんて一生ならなければいいのにって思っていたことを……今でもよく覚えているよ」
三、四歳ぐらいの子がそこまで思うほどの日々はどんなだったのだろうか。
「卜殷先生はそんな俺の気持ちが分かってたんだろうな。ある日、背に負ぶっていた赤子を指差して俺に尋ねたんだ。この子を一生守る覚悟はあるかって」

「私を……」

「俺はここに居られるなら何だってできると思ったさ。だから肯《うなず》いた。そんなことぐらいで置いてもらえるなら喜んで守るって約束したんだ」

卜殷はそこまで詳しく話してくれなかった。

「だからって別に特別なことはしてないさ。三歳年上の兄が普通に妹の世話をする程度のことさ。負担に感じたことなんて一度もない」

弁解するように言う。楊庵はいつだって優しい。

「卜殷先生は楊庵には悪いことをしたって言っていた。楊庵の人生に呪縛《じゅばく》を与えてしまったと悔やんでいたよ」

「は？　呪縛？　そんな大層なものか？　俺はそんなこと思ったこともないよ」

楊庵はきっとそんな風に言うだろうと思っていた。

「でも……楊庵はもう私からは解放されてもいいんだよ。私だってもう大人だもの。自分の身は自分で守る。楊庵は、自分が守りたい人を守って自由に生きて欲しい」

「…………」

楊庵は不機嫌な顔で董胡を睨《にら》んだ。

「それは……俺に纏《まと》わりつくなって言ってるのか？」

「ち、違うよ！　これ以上王宮で危険な仕事をしなくても、医師になって穏やかに暮らす道も楊庵にはあるんだよって言ってるんだよ」

董胡は慌てて言い直した。

「それで？　董胡を置き去りに王宮から出ていって治療院でも開けってか？　お前はそうして欲しいのか？」

「わ、私は……もう充分守ってもらったし、楊庵をこれ以上危険なことに巻き込みたくないんだ。楊庵には幸せになって欲しいんだよ」

「なんだよそれ……」

楊庵はむっつりと呟《つぶや》いた。

「だって……高原でも何度も危険な目に遭ったでしょ？　私の側にいなければ楊庵はあんな危ない目に遭わなくて済んだんだよ。だから……」

「お前は何も分かっちゃいないな！」

楊庵は董胡の言葉を遮るように叫んだ。

「おいおい、兄弟喧嘩《げんか》か？　珍しいな」

万寿が大量の生薬を手に奥から出てきて怪訝《けげん》な顔をしている。

「なんか分からねえが、たぶん楊庵が悪い。謝っとけ、ほら」

万寿は肩をすくめて一方的な仲裁をする。

「兄弟子のくせに弟を困らせるんじゃないぞ。謝れって」

万寿に促され、楊庵はむっつりと睨み返す。

そして「帰る」と言って帰ってしまった。

「楊庵……」

言い方を間違えてしまった。

怒らせるつもりじゃなかったのに……。

「珍しいな。あいつが董胡にあんなに怒るなんて。何を言ったんだよ」

「う、うん。私の言い方が悪かったみたいだ」

「ふーん。まあ……早く仲直りしろよ。喧嘩は早めの解決が肝要だ。俺も細君と喧嘩した時は、速攻で甘味を買ってきて謝るようにしている」

「ふふ。万寿の奥さんは幸せだね。いい夫婦なんだろうね」

楊庵も董胡と関わっていなければ、万寿のような穏やかな幸せがあったかもしれない。

そう思うと言わずにはいられなかった。

「とりあえず一般的な生薬は全部揃えてやったぞ。確認してくれ」

万寿は受付台の上に生薬を広げ、董胡に見せた。

「わあ、すごいね。甘草《かんぞう》はこんなにいいの？　いい桂皮《けいひ》だ。人参《にんじん》もあるね。助かるよ」

「まあよく使う生薬は多少減っていても分からねえしな。誤魔化しがきかない生薬だけ処方箋《しょほうせん》を書いてくれればいいよ」

「ありがとう、万寿」

董胡が処方箋を書いていると、万寿は思い出したように告げた。

「そういえば噂で聞いたんだが、玄武のお后様《きさき》っていうのはずいぶん身勝手な方らしいな。帝《みかど》にもわがまま放題で、平民上がりの偽者だって聞いたけど……」

「え？」

董胡は驚いて筆を止めた。

「もしかして青龍行きもお后様に無理強いされたのか？」

「ち、違うよ！　だ、誰がそんな噂を……」

「夜間の担当のやつが白虎の使いが持ってきた処方箋で薬を出したらしいんだけどさ」

それは董胡が書いた処方箋に違いない。

「その時話していったらしい。帝の侍女頭も玄武の后のわがままに頭を悩ましているそうだ」

「帝の侍女頭……」

奏優のことだ。やっぱり奏優が玄武の后の悪口を広めているらしい。

「う、嘘だよ。玄武のお后様はそんな方じゃ……」

けれどまったくの嘘でもないところが厄介だ。

平民上がりの偽者というのも……あながち間違いではない。

「そうなのか？　まあ、董胡が被害を受けてないならいいんだけどさ。気難しい后の専属医官だと大変な思いをしているのかと思ったからさ」

「うん。大丈夫だよ。またそんな噂を流す人がいたら否定しておいて」

「ああ。そうするよ」

こうして菫胡は不安な思いのまま薬庫を後にした。

六、帝の桜御膳《ごぜん》

「ようこそおいで下さいました、陛下」

花宴の節のあと、久しぶりに黎司が玄武の后宮にやってきた。

「うむ。無理を言って済まなかったな、董胡」

「いいえ。お呼び頂き嬉《うれ》しいです」

今日は御簾《みす》の前で董胡が黎司を出迎えた。

先触れの文に、董胡の給仕を願うと書かれていたのだ。

「鼓濤は？　いないのか？」

御簾の中は燭台《しょくだい》の灯もなく真っ暗だった。

「はい。今宵は私に任せるとおっしゃって頂きました」

「そうか……。別に鼓濤もいてくれて良かったのだがな……」

黎司は少し残念そうに言う。

もちろんそういうつもりだろうとは思ったが、董胡と鼓濤が一緒に出迎えることなどできないので仕方がない。

「まあ良い。今宵はそなたの料理を手ずから堪能《たんのう》させてもらおう」

「はい！」

董胡はすぐに控えの間から膳《ぜん》を運び、毒見の従者に取り分けた。

従者はすばやく毒見を済ませ、部屋から出ていく。

最初の頃は近従を一人部屋の戸口で待たせていたのだが、最近は外に出している。

内密な話をするようになってから、それが日常となっていた。

今日は鼓濤もいないので、控えの間の侍女達もいない。

本当に董胡と黎司の二人きりだった。王琳が気を利かせてくれた。

「今日の膳は……春らしい色合いだな。目でも楽しめる」

黎司は目の前の高盆に並べられた料理を眺めて目を細めた。

「本日は桜御膳でございます」

高盆には桜が花開いた枝を添え、料理の各所にも桜の花をちりばめている。

「これは……桜の炊き込み飯か……」

黎司は桜の花びらが色を添える飯碗《めしわん》を手に取った。

「はい。こちらの庭で咲いていた桜を塩漬けにしたものを使いました。それから桜鯛《さくらだい》の身をほぐして加え、三つ葉を添えています」

「ふむ。桜鯛か。これは普通の真鯛とは違うのか？」

「いえ。桜鯛とは春に獲《と》れる産卵期の真鯛のことを言います。同じ真鯛ですが、この時期の鯛は桜色に色付くことから桜鯛と呼ばれているのです」

「ほう。それは知らなかったな」

　黎司は感心しながら一口頬張った。

「うむ。淡泊な味わいが食べやすい。桜の塩漬けの塩味がきいていて美味いな」

「脂がのっていると言われる桜鯛ですが産卵を直前に控えた雌《めす》はむしろ身が引き締まり、脂が少なくさっぱりしていてくせがないのが特徴です。黎司様は普通の真鯛よりこちらの方が口に合うのではないかと思いました」

「確かに。あまり脂がのった魚は胃がもたれるな。董胡は私の体のことを私より分かっているようだ」

　黎司は可笑《おか》しそうに微笑んだ。

「こっちは……菜の花か」

　黎司は菜の花の緑が美しい汁椀を手に取った。

「はい。あさりと菜の花の汁椀です。菜の花は春に乱れやすい肝の機能を高めてくれる作用があります。また菜の花の持つ軽い苦味は、冬にため込んだ老廃物を排出する効能もあります。千切りにした白葱《しろねぎ》と一緒にお召し上がり下さい」

「ふむ。頂こう」

　黎司は汁をたっぷり含んだ菜の花を箸《はし》でつまみ口に運ぶ。

「うん、美味いな。あさりの旨《うま》みが汁に溶け出して、菜の花の苦味が白葱の辛味と見事に調和されている。菜の花がこんなに美味《おい》しいと思ったのは初めてだ」

他にも筍《たけのこ》と蕗《ふき》の煮びたし、たらの芽の素揚げ、蕨《わらび》の味噌《みそ》漬けなど春野菜が並ぶ。

「春はえぐみや苦味のある野菜が多いのですが、下処理を上手にすることであくが抜け、苦味が嫌いな人でも美味しく食べることができます」

そして桜御膳を一通り食べたあと、最後に桜餅《さくらもち》と桜の花茶を出した。

「蒸したもち米を乾燥させ粗めに砕いた道明寺粉《どうみょうじこ》を使い、餡子《あんこ》を入れて桜の葉の塩漬けで巻いています。若葉に合わせた小さめの桜餅は一口で食べられる大きさにしていますので、たくさんお召し上がり下さい」

月見団子のように山形に重ねた桜餅を差し出した。

黎司は湯を注いだばかりの花茶が開くのを眺めながら、桜餅を一つ二つと頬張った。

餡子の甘さと桜の葉の塩味ともちもちした食感が一口で味わえるので、甘味が苦手な人でもつい手が出てしまうはずだ。

「甘味はあまり食べないのだが、ちょうどよい塩気があるので幾つでもいけるな」

塩気のある花茶をすすりながら、黎司は三つ目に手を伸ばしている。

良かった。

少しずつだけれど食べる量も以前より確実に増えている。

董胡は黎司の周りに発している色をじっと見た。

まだ淡いけれど五色が均等に綺麗《きれい》に出ている。

とても調和のとれた味覚が育ち始めていた。

（あと少し通って頂ければ、きっと拒食《きょじき》は治るはずだ）

五色の色を見つめる董胡は同じように自分を見つめる黎司に気付いてどきりとした。

（じろじろと見過ぎてしまった。失礼だっただろうか）

慌てて目を伏せたが、黎司の視線はまだこちらを凝視しているようだ。

（え？）

もう一度そっと視線を上げてみると、再び黎司の食い入るような目と合ってしまった。

そういえば先日厩舎《きゅうしゃ》で会った時も、やたらに見つめられた気がする。

（な、なに？）

再び目を伏せるものの、黎司の視線はまだ董胡に向けられている。

「あ、あの……」

何か言おうとした董胡の手に、突然黎司の手が上から重ねられる。

「レ、レイシ様……」

黎司はそのまま董胡の手を摑《つか》んで見つめている。

「あの……」

「やはり……小さな手だな……」

また筋肉が足りないとでも言われるのかと思ったが、黎司は両手で大事そうに包み込んだ。黎司の大きな手のぬくもりが指先から伝わってくる。

「この小さな手で、この素晴らしい料理を作ってくれたのだな……」

黎司はしみじみと呟《つぶや》いた。

「その小さな体で……どれほどの努力をして医師の免状を取ったのか……」

「レイシ様……？」

「麒麟寮で学んだと聞いたが、周りはそなたよりも二回り以上大きな男達ばかりだっただろう。がさつな者も乱暴な者もいたはずだ。恐ろしくはなかったか？」

思いもかけないことを尋ねられ、董胡は戸惑いを浮かべる。

「い、いえ……。ちびだとからかわれることはありましたが、みんな気のいい医生ばかりで、楊庵もいましたから恐ろしいことなんてなかったです」

「そうか……。楊庵か。此度《こたび》の特使団でもずいぶんそなたを助けてくれたようだな」

「は、はい！　楊庵にはどれほど感謝しても、し足りないぐらいです」

「うむ。楊庵にも何か褒美を出さねばならぬな」

董胡は楊庵の名が出たこの機会に、黎司に頼んでおきたいことがあった。

「あの……一つお願いしてもよいでしょうか？」

「うむ。なんだろう。言うがよい」

「楊庵がもしレイシ様の密偵を辞めたいと言ったら、どうか自由にしてあげて欲しいのです。楊庵は私を捜して王宮に入ってしまっただけで、これ以上危険な目に遭わせたくないのです」

本来、皇帝の事情を知る密偵は簡単に辞めたりなどできないはずだ。辞める時は死ぬ時だという覚悟を持った集団だと聞いた。

その無理を承知で董胡は頼んでみた。

「…………」

黎司はしばし董胡を見つめてから肯《うなず》いた。

「それが……楊庵の望みであるなら、もちろんそうしよう」

黎司の言葉を聞いて、董胡は心からほっとした。

帝《みかど》の許可を得たのだから、楊庵はこそこそ逃げることもなく、堂々と市井に戻れるのだ。麒麟寮に戻って医師の勉強をやり直すことだってできる。

「そなたはどうなのだ？」

「え？」

董胡は何を聞かれたのか分からず顔を上げた。

「そなたはこれからどうしたい？　そなたの一番幸せな道はどれだ？」

「私の幸せな道……？」

「そなたは以前、私の専属薬膳《やくぜん》師になりたいと言ってくれたな。そなたが望むのであれば、もちろんそのように手配しよう。皇帝の側近として専属薬膳師の地位を与えることもできる。ただ、皇帝の側近となるには貴族の身分が必要だ。翠明はそなたを養子に迎えてもいいと言ってくれている」

考えてもいなかった話に董胡は驚いた。

「私が……翠明様の養子……？」

「うむ。そうなれば何不自由なく好きな食材を使い、好きな仕事だけに存分に打ち込める。尊武や玄武公や……危険な者達も遠ざけておけるだろう」

「……………」

もしもそうできるなら、どれほど嬉《うれ》しいだろうか。

麒麟寮で学んでいた頃、必死に目指していた夢。

その夢の場所が目の前にある。

けれど……自分が本物の鼓濤であると分かってしまった今では、もはや叶《かな》わぬ夢だ。

人違いであればそれを訴えて、ただの董胡に戻ることができたかもしれない。

しかし知ってしまった今は、鼓濤を捨てることもできない。

「私は……このまま玄武のお后《きさき》様の専属医師として、こうしてレイシ様に時々薬膳料理を召し上がって頂ける日々が……一番幸せな道かと思っています」

鼓濤でありながら黎司に料理を作ることができる今の立場が最善だと思う。

できることならこのまま穏やかな日々がずっと続けばいいと願ってしまう。

けれどそれは無理だろう。いずれ鼓濤の正体がばれる時が来る。

ばれた時、黎司はどんな反応をするだろうか。

朱璃や王琳の言うように、理解して受け止めてくれるかもしれない。

けれどずっと嘘をついていた董胡のことを、もう信じられなくなるかもしれない。

鼓濤の許へはもう通ってこなくなることだって充分あるだろう。

だからもう少しだけ。

黎司の拒食が完全に治るまでの間だけ、このままでいたい。

そして拒食が治ったら、すべて正直に話そうと思う。

卜殷の話を聞いて自分が本物の鼓濤だと分かり、ようやく決心がついた。

すべて話して、黎司の判断を受け入れようと思う。

「そうか……。そなたがそう望むなら、私はもちろんそれでよい」

黎司は肯いた。

「だが……もしも私の専属薬膳師になりたいと思ったなら、いつでも言うがよい。私の側にいれば、そなたを脅かすどのような危険からも守ってやることができる」

「私を脅かす危険？」

聞き返す董胡に黎司は慌てたように言葉を濁す。

「いや……その……この后宮には皇太后もおられるし、玄武公や尊武も自在に訪問できるからな。何か良からぬことに巻き込まれはしないかと心配なのだ」

「レイシ様……」

尊武の悪辣《あくらつ》さは、黎司に警戒してもらうために話したつもりだったが、むしろそんな男の近くにいる董胡の心配をさせてしまったようだ。

「董胡……」

黎司は再び董胡を見つめた。

「五年前のあの日、私はそなたがずいぶん無茶な願いを言うものだと思っていた。誰もが平等な世を作るなど、どれほど大変なことか分かっているのかと……」

「す、すみません。あの頃は私も子供だったから……」

「しかし、もっと無茶なことを約束させたのは私の方だったのかもしれぬな」

「え？」

董胡はそんな無茶な約束をしただろうかと黎司を見つめた。

「私の専属薬膳師になるために……そなたはどれほど努力をして、どれほど……多くのことを犠牲にしてきたのか……」

「犠牲だなんて……。私は元々医術の勉強が好きでしたから、さほど苦でもありませんでした。無茶な約束だなんて思っていません」

「しかし……」

黎司は何かを言いかけて、まったく別のことを言い直した。

「私も……そなたとの約束の一歩を踏み出そうと思っている」

「約束の一歩？」

「麒麟の領地に女性医師を育成する麒麟寮を建てようと思うのだ」

「女性医師!?」

菫胡は驚いた。

医師はずっと男性の職であり、女性が医術を行うことは禁止されていた。

だから菫胡だって男装をして女性であることを隠してきたのだ。

「以前より貴族の姫君の中には男性医師に肌を見せることを嫌がり、手遅れになるまで病を放置してしまう事例がよくあった。私の侍女達に聞いても、女性医師がいればどれほど嬉しいかと言っていた。医術は女性には無理だと玄武公は言うが、お産の介助を行う産巫女《うぶみこ》などは医術に近い知識と技術を持っている。しかし医師の扱いは受けず地位も低いままだ。それに翠明の話では麒麟の社《やしろ》には医師の助手として医術に近い治療をしている女性もいるらしい。女性の中にも医師になりたい者が必ずいるはずだ」

「そ、それはもちろん……」

まさに菫胡こそが、その最たる者だ。

「誰もが平等に夢を叶える世だ、菫胡。手始めに今度の殿上会議で詔《みことのり》を出そうと思っている。たぶん玄武公は反対するだろうが、きっと通してみせる。そなたの犠牲と努力に比べれば、ささやかな一歩だが必ず成し遂げてみせる」

「レイシ様……」

もしもその詔が通れば、いつか菫胡も堂々と女性医師として仕事ができるかもしれない。後ろめたい気持ちを持たずに、医術を使える日が来るのかもしれない。

それは菫胡にとっても希望の一歩だった。

「きっとその詔で諦《あきら》めていた夢を叶える女性がたくさんいるはずです！」

目を輝かせて答える董胡の頭を、黎司の大きな手がぽんぽんと撫《な》でた。

「ふ……。そなたが喜んでくれるなら、ますますやる気になったぞ」

嬉しそうに微笑む黎司が眩《まぶ》しい。

しかし黎司は少し残念そうに小さくため息をついた。

「その準備もあるが……実はしばらくこちらの宮に来る時間があまり取れないかもしれない。鼓濤にもそう伝えておいて欲しい」

「そうなのですか？」

もう少しで拒食《きょじき》が治りそうなのに……。

できればあまり日を空けたくない。今が治し時なのに。

「白虎の后宮で少し問題が起こっているのだ」

「白虎の？　雪白様ですか？」

「うむ。知っているのか？」

黎司は少し驚いたように尋ねた。

「はい。実は先日雪白様より文を頂きまして、具合が悪いので診て欲しいと言われて后宮に伺ったのです。私が青龍の姫君を治療したと噂で聞いたそうです」

「ふむ。そういうことか」

黎司は考え込むような顔になった。

「薬を処方しましたが、まだお体が良くないのでございますか？」

「いや……まあ……体調も悪いようだが……。そなたの診立てではどうであった？」

黎司は言葉を濁して逆に聞き返した。

「それが……侍女頭の帰莎様が、平民の私が姫君を診ることを嫌がられて、御簾《みす》ごしにお話を伺っただけなのです。それに……呪われているとか……そういう話になったので、私は専門外ですので心を安定させる薬だけを処方して帰りました」

董胡はすべて正直に話した。

「呪われている……か。そして……侍女頭の帰莎はそなたに診察させなかったのか」

黎司は納得したように肯《うなず》いて続けた。

「実は雪白の寝所の床下から呪具《じゅぐ》が見つかったのだ」

「えっ!?　呪具が？」

では雪白の被害妄想ではなく、本当に呪われていたのだ。

「雪白は帰莎を疑っていた。だから次の日に私は呪具に詳しい神官を連れて、呪いの解除と共に帰莎を捕らえるべく捕縛の役人を潜ませて后宮を訪ねた」

「では帰莎様は捕らえられたのですか!?」

だが黎司は首を振った。

「いや、捕らえることはできなかった。なぜなら次の日には呪具がすっかり無くなっていて、証拠となるものが跡形もなく消えていた。呪具を確認次第、神官を呼んで呪いを解除しようと思っていたが、ものが無ければ何もできない」

「では……何も解決できないまま？」

「うむ。私に呪具について話したことが帰莎にばれてしまったのかもしれないと、雪白はひどく怯《おび》えている。帰莎を取り調べようと言っても、呪具が見つかるまで知らぬ振りをして欲しいと泣きながら訴えるしで、どうしたものかと思っているのだ」

そんなことになっているとは知らなかった。

「念のため呪具に詳しい神官に雪白の祓《はら》い行《ぎょう》をさせているが、さほど強い呪具のようには思えないと言っている。しかし雪白は不安のせいかどんどん体調を崩し、左手が動かないだの首を引っ張られているような気がするだのと言い出して、毎日神官を連れて様子を見に行っている。実はこの後も白虎の后宮《きさきぐう》に寄る予定なのだ」

「そうだったのですね……」

呪いとなると董胡にはどうにもできない。

そしてふと尋ねてみた。

「奏優様は……そのことをご存じなのですか？」

黎司は怪訝《けげん》な顔で董胡を見た。

「奏優？　私の侍女頭の奏優か？」

「はい。先日の診察の折に、よく雪白様を訪ねて来られると聞いていましたので」

「いや、奏優には今回のことは話していない。呪具のことがあってから、しばらく白虎の后宮に行くことも禁じている」

　では奏優から呪具に気付いていることがばれた訳ではないのか。

「なぜ奏優のことを尋ねるのだ？」

　奏優のことも正直にすべて話すべきなのだろうか。

　けれど侍女頭というのは一番身近な味方でもある存在だ。

　そんな人物を悪く言われると、黎司だって嫌な気がするに違いない。

「奏優様は……どのようなお方なのですか？」

「奏優は少し余計な気をまわし過ぎることはあるが、仕事熱心な侍女頭だ。先の危うい皇太子時代から変わらず仕えてくれている忠義な女性だと思っているが……」

　やはり黎司にとっては信頼できる僅《わず》かな者の一人らしい。

「だが雪白も奏優が帰莎と結託していると思っているようだ。だから雪白の許《もと》に行くことを禁じて呪具のことも内密にしている」

　ではすでに雪白から奏優のことは伝わっているのだ。

　ならばいずれ黎司の耳にも届くだろう、あの噂のことも話しておいた方がいい。

「実は……鼓濤様の悪い噂が王宮で流されているようでございます」

「鼓濤の悪い噂？」

　黎司はまだ聞いていなかったらしく首を傾げた。

「鼓濤様が偽の姫君だと……そのように言う者がいるようです」

「な！　誰がそのようなことを……」

「それが噂を辿《たど》っていくと、どうも奏優様に行き当たるようなのでございます」

「奏優が!?」

黎司は信じられないという表情になる。

「雪白様からは、奏優様が玄武の后の正体を暴くとおっしゃっていたと伺いました」

「そんなことを奏優が……」

だが少し思い当たる節があるのか、黎司はため息をついて頭をかかえた。

やはり噂の出所は奏優で間違いないようだ。

「あれは私を思うあまり、少し行き過ぎた行動をするところがある。厳しく注意しておこう。鼓濤には私の侍女頭が迷惑をかけたと謝っておいてくれ」

「いえ。レイシ様に悪気があってのことではないのでしょう。鼓濤様もさほど気にしてはおられません」

董胡も奏優の気持ちが分からないでもない。

玄武公の素性怪しい姫君など、大切な帝《みかど》に近付けたくないと思うのは当然だ。

しかも噂の半分は本当とも言える。

「鼓濤にも噂の詮議《せんぎ》などせぬから安心するように伝えておいてくれ」

「……はい」

黎司は鼓濤が偽の姫君だと思っているのだろう。

そう思っていて、あえて調べないと言ってくれているのだ。
まさか本物の鼓濤で、その正体が董胡だなどと想像もしていないだろう。
そう考えると、真実を話す日が来ることが身震いするほど恐ろしい董胡だった。

七、雪白懐妊？

黎司と会った翌日は大朝会の日だった。

いつも通り参加した王琳は、怪訝な様子で帰ってきた。

「どうかしたの？　王琳」

董胡が尋ねると、王琳は納得いかない様子で答えた。

「実は大朝会での序列が二番手になっていました。朱雀が筆頭であれば納得できるのですが、どういう訳か白虎が初めて筆頭になっていたのです」

「そ、そうなんだ……」

董胡はすでに黎司から聞いていたので驚かなかったが、白虎の呪具の話は王琳達にも話していない。侍女頭といえども、さすがに話せる内容ではなかった。

「最近は毎日のように帝が通っておられるとのこと……どういう訳か帝の侍女頭の奏優様が自慢げに話しておられました」

「奏優様が？」

また奏優だ。

最近、何かことがあるたびにこの名前を聞いている気がする。

「それに私に対する当たりが強いような……。いちいち突っかかって来られて、しまいには玄武の后の専属医官は少し増長しているのではありませんか、などと言われました」

「それは……」

噂を広めたことを黎司に注意されたのだろう。

侍女頭ゆえに昨日帝が誰を訪ねたのかぐらいは把握している。

董胡が告げ口したのだと分かったのだ。

「いくら陛下のお気に入りだからといって、平民医官の分際で出しゃばり過ぎではございませんか、なんて言われましたわ。嫌なお方ですわ」

「そうか……。ごめんね、王琳。私のせいで……」

「いいえ、鼓濤様のせいではございませんわ。奏優様は侍女頭にしては若く、少し感情が先走り過ぎるところがございます」

「うん……。そういえばそんな感じだったね」

董胡も大朝会で何度か会ったぐらいだが、いつも弟宮の侍女頭と言い争いをしていた。

黎司は信頼しているようだったが、やはり危険な人かもしれない。

(でも雪白様の許に帝が通われていることを自慢げに話していたというのはどういうことだろう？　雪白様の話では、自分が白虎の后に成り代わりたいようだったけど)

それともまずは玄武の后を追い落とす方が先だと思っているのか……。

とにかく奏優には警戒した方が良さそうだ。

◆

それから数日して、今度は茶民と壇々から別の噂話を聞くことになった。

あれから黎司の先触れはなく暇を持て余していたので、壇々がお気に入りの桜餅《さくらもち》を作ることにした。

「たくさん作って、後で薬庫の万寿にも届けようと思うんだ」

先日、破格の値段で生薬を取り揃えてくれたおかげで、充実した薬籠《やくろう》が完成した。

料理に使う香辛料なども詰めて、いつでも持ち出せる大満足の薬籠だ。

これも万寿のおかげだと、ささやかなお礼がしたい。

ついでに先日喧嘩《けんか》別れのようになってしまった、楊庵にも渡してもらうつもりだ。

「一口で食べられる桜餅ですね！　これが大好きなのです！」

壇々は目を輝かせて餡子《あんこ》を練っている。

「壇々は普通の大きさの桜餅も一口で食べるじゃないの」

茶民は肩をすくめながら、桜の葉の塩漬けを並べている。

「だからほら三個ぐらいでお腹がいっぱいになるでしょう？　でも鼓濤様の一口桜餅は何個でも食べられるのですもの。何度も幸せな気分になれますわ」

「壇々ったら、何個食べるつもりなの？　余った分は私がもらうのだから。食べ過ぎないでちょうだい。また太るわよ」

「なによお。茶民だってまた御用聞きに売るつもりでしょう」

相変わらずこの二人がいるとかしましい。

「ほらほら、喧嘩しないで。たくさん作るから」

董胡が声をかけると茶民が思い出したように告げた。

「そういえば、御用聞きに聞いたのですけれど、最近白虎の后宮《きさきぐう》の注文がすごいらしいですわ」

「白虎の？」

董胡はまた白虎の話かと気になった。

「なんでも次々に宮内局の大衣寮《おおごろもりょう》に衣装の注文を出して、大蔵局の宝物庫から簪《かんざし》や歩揺《ほよう》など最高級の宝飾品を借り入れているそうでございます。先日などは治部《じぶ》局から雅楽の演者まで呼んでお茶会をしたとか……」

「お茶会？」

雪白は呪具を恐れて体調を崩しているのではなかったのか？

「まあ！　序列が筆頭になった途端、なんという贅沢三昧《ぜいたくざんまい》かしら。はしたないこと」

「鼓濤様も朱璃様も、筆頭だからと特別な贅沢などなさらなかったのに」

雪白の指示だろうか？　それとも侍女頭の帰莎が？

そういえば帰莎は序列の低さに不満を持っていると雪白が言っていたけれど。

「なんだかそんな方が鼓濤様より序列が上だなんて嫌ですわ」

「帝《みかど》はどうしてそのようなお后様のところへ足繁く通われているのかしら？」

「まさか……帝のご寵愛《ちょうあい》は白虎のお后様に移ってしまわれたの？」

二人の侍女が心配そうに董胡を見つめた。

「い、いや……。帝の寵愛と言っても……元々料理を食べに来ているだけで、寵愛と言われるようなものでもないし……。それに、帝も何かお考えがあるのかもしれないよ」

董胡は慌てて弁解する。

このおしゃべりな二人に呪具のことなど話せない。

「帝が御簾《みす》に入られるのを鼓濤様が拒否なさるからこんなことになったのですわ」

「もういいではないですか。正直にすべてお話しになって、帝を受け入れて下さいませ」

「さもなくば、白虎の后に皇后の座を奪われてしまいますわ！」

「そんなの嫌です！　皇后になられるのは鼓濤様ですわ！」

この二人は鼓濤が皇后になると思っているのだ。

「知っているだろうけど、皇后というのは皇太子を産んだ人がなるんだよ」

董胡はやれやれとため息をついた。

だが二人も黙っていない。

「もちろん分かっておりますわ！」

「だから鼓濤様が皇太子様を産むのでございます！」

簡単に言う。

けれど后となったからには、それが最大の目標には違いない。

二人の侍女の方が正しい。

「白虎のお后様に遅れをとってはなりませんわ！」

「こうしている間にも、白虎のお后様が懐妊でもされたらどうするのです」

二人は急に焦りだした。

「いや、それはないと思うよ」

先日の黎司の話しぶりでは、呪具のことで白虎に通っているだけだ。

「もう、鼓濤様ったら何を呑気《のんき》なことを！」

「不躾《ぶしつけ》ながら、桜餅なんて作っている場合ではありませんわ！」

「じゃあ作るのはやめておく？」

「………………」

董胡が言うと、二人は黙り込んで顔を見合わせた。そして。

「い、いえ……ここまで準備したのですから作らないともったいないですわ」

「そ、そうね。食べ物を粗末にしてはいけませんわ。今日はこのまま作りましょう」

「あ、明日から努力するのですわ！　ねえ、茶民」

「ええ。明日から帝の寵愛を取り戻すべく策を練り直しましょう！　ね、壇々」

こういう時だけ結託する二人だ。董胡は肩をすくめた。

けれど二人の侍女の懸念は思いがけず現実のものとなったのだった。

◆

「こいつは可愛らしい桜餅だ！　うちの細君が喜ぶよ！」

さっそく出来上がった桜餅を薬庫の万寿のところへ持っていった。

「先日の薬籠のお礼だよ。どれも状態のいい生薬ばかりで、本当に助かったよ。こっちの包みは楊庵が来たら渡しておいて欲しいんだ」

「おう、分かった。楊庵も喜んで機嫌を直すだろうさ」

「だといいけどね」

「董胡の作る饅頭《まんじゅう》はどれも美味いって、うちの細君もいつも大喜びしてるよ」

まだ会ったことのない万寿の妻だが、きっと素敵な人なのだろうと思う。

「実はその細君が懐妊したみたいでさ」

「え、そうなの？　おめでとう！」

万寿が父親になるのだ。きっと子煩悩な父親になるだろう。

「それがさ……悪阻《つわり》がひどいみたいであまり食欲がないんだよな」

「そうなんだ。悪阻がひどい人は何も食べられなくなるみたいだよね」

「でもきっと董胡の饅頭なら食べたくなるんじゃないかな」

「それならいいけどね。そうだ、今度悪阻でも食べやすいものを何か作ってくるよ」

「本当か？　助かるよ。俺は料理のことは何も分からないからさ」

生薬には詳しくても薬膳《やくぜん》となるとどう調理していいか分からない薬師は多い。

「そういえばさ……」

ふと思い出したように万寿は声をひそめた。

「ここだけの話だけどさ気になることがあって。誰にも言うなよ」

「うん。なに？」

万寿はそれでも誰も聞いていないか辺りを見回してから告げた。

「このところ細君のために小半夏加茯苓湯《しょうはんげかぶくりょうとう》を煎《せん》じて飲ませているんだけどさ」

「ああ、悪阻の一般的な薬だね。それがいいと思うよ」

小半夏加茯苓湯は半夏と生姜《しょうきょう》と茯苓の三種類で構成された嘔気《おうき》に用いる基本的な生薬だ。

斗宿《としゅく》の治療院でも悪阻の治療にはたいてい処方していた。

「それで目についたんだけどさ……最近よくこの処方箋《しょほうせん》を出す医官がいるんだよ」

「小半夏加茯苓湯を？」

まあ、悪阻でなくとも普通の嘔気にも用いることはあるけれど。治らないようなら五《ご》苓散《れいさん》や黄連解毒湯《おうれんげどくとう》や六君子湯など、董胡なら違う生薬を試してみるだろう。

悪阻以外の嘔気の処方なら、治らないのに使い続けるのは少し不自然な気がする。

「王宮に悪阻のご婦人がいるということ？」

しかし女官のほとんどは独身だし、もしも懐妊するようなことがあれば里帰りさせられるだろう。

「それがさ、診療所の医官じゃなくて典医寮《てんい》の貴族医官なんだよ」

王宮内にある診療所は主に王宮で働く平民のためにあるもので、貴族が病気になれば宮内局の典医寮から貴族医官が往診するのが常だ。

つまり悪阻になっているのは貴族の女性ということになる。

「貴族の女官となれば、大朝会に出るような高位女官か各宮の侍女ということになるけれど……」

玄武の后宮でいうなら、王琳と茶民と壇々。それから皇太后の侍女達だ。

そんな人々が懐妊となれば帝のお手付き以外は結構な醜聞になってしまう。

堂々と往診を頼んで処方箋を出すのは憚《はばか》られる。

だがもちろん帝の子となれば、二の宮か三の宮を与えられ大出世となる。

「え、まさか……」

帝の子？

「それでさ……先日は夜間にその医官の処方箋を持って、使いの者が来たらしい」

「誰？　どこの宮の人？」

董胡は、はやる気持ちを抑えて尋ねた。

「夜間の担当のやつが言うには、例の玄武のお后様《きさき》の悪口を話していった使いだって言うんだ。それってつまり……」

「白虎？」

白虎の后宮の者が懐妊した？

「ああ。しかも堂々と処方箋を出す様子から、隠している風でもなかったそうだ」

「堂々と悪阻の薬をもらうっていうことは……」

「帝のお子だろう。それ以外考えられない」

「まさか……」

いや、だが充分ありえる話だ。

「しかも俺が推測するには、お后様ご本人なんじゃないかと思うんだよな」

「お后様……」

では雪白が懐妊したということか……。

まさか茶民と壇々の心配が現実になるとは思ってもいなかった。

「いや、はっきりとは分からないぜ。董胡が仕える玄武のお后様には知りたくない話だろうけどさ。事実ならいずれ発表されるだろうから、董胡にだけは先に伝えておこうかと思ってさ」

董胡は動揺を隠して、なんとか答えるだけで精一杯だった。

「……うん。教えてくれてありがとう、万寿」

まさか、まさかと思いながら、なんとか后宮に帰り着いたのだった。

八、尊武の来訪

万寿の話を聞いてから、董胡は落ち着かない日々を送っていた。

先日会った黎司の話では、呪具のことがあって雪白が不安定になっているため通っているということだった。

けれど毎日通っていれば、いずれ情が湧いてくることもよくあることだ。

しかも相手は誰憚《だれはばか》ることのない后でもある。

呪具に怯《おび》えて弱っている后を前に、心動かされない方がおかしい。

だが董胡以上に衝撃を受けたのは、茶民と壇々だった。

「嘘でございますよね？　白虎のお后様が懐妊したなんて！」

「きっと何かの間違いでございますわ！」

董胡は誰にも話していなかったのだが、数日後には雑仕を経由して噂を聞くことになった。

前回の玄武の后が偽者だという噂と同じ経路で各宮に伝わっているらしい。

こちらの噂の方が衝撃が大きいお陰で、幸か不幸か偽后の噂は立ち消えになっていた。

「帝《みかど》は最近こちらに来られていませんけれど、まさか白虎のお后様に心変わりされたのでございますか？」

「そんなの嫌でございます！　信じられませんわ！」

二人は涙ながらに董胡に訴える。

「鼓濤様のことをあれほどご寵愛《ちょうあい》下さっていたのに……」

「ひどいですわ。不躾《ぶしつけ》ながら、帝はなんて薄情な方でございましょう」

董胡以上に動揺する二人を見ていると、少し冷静になることができた。

万寿に先に聞いていたので、あまり衝撃を受けずにすんだのも助かった。

「だから、寵愛ではなく料理を食べに来ていただけでしょ？　二人とも落ち着いてよ」

「それでも鼓濤様は帝にとって特別な方だと信じていましたのに」

「白虎のお后様ってどういう方ですの？」

二人はまだ納得できずに文句を言っている。

「さあ……お顔は見ていないけれど、きっとお美しい方だと思うよ」

朱雀の朱璃も、青龍の翠蓮も、帝の寵を争うにふさわしい極上の美姫だ。

雪白も御簾《みす》越しに話しただけでも色香に酔ってしまいそうな姫君だった。

たぶん黎司が心動かされてもおかしくない美姫に違いない。

「陛下は……雪白様に心を許したのかな……」

鼓濤には心を許しきることはできないと、ずいぶん前に宣言していたけれど……。

いつか黎司にも心から信頼できる姫君が現れるだろうと覚悟はしていた。

黎司にそういう姫君ができたなら喜ばしいことだ。

「もしかしてお子が皇子様であったらどうなりますの？」

「まさか！　白虎のお后様が皇后になられるのですか⁉」

「あの序列が上がった途端、贅沢三昧《ぜいたくざんまい》のお后様が皇后になるのですか？」

「我らは一生、白虎にかしずかねばなりませんの？　嫌です、鼓濤様〜」

二人の侍女は泣きじゃくっている。

そんな二人を見ていると、こんな主《あるじ》に仕えさせて申し訳なくなってくる。

「嫌と言われても仕方がないよ。でも世継ぎが産まれて皇后が決まれば、陛下の治世も安泰になる。喜ばしいことなんだよ」

「嫌です！　鼓濤様でないなら、せめて朱璃様が良かったですわ」

「そうよ。朱璃様なら、我らだって納得できたのです」

確かに董胡も、黎司の皇后になるのは朱璃か……朱璃でないなら翠蓮であって欲しかった。その不満がこの胸のもやもやになっているのだろう。

よりにもよって、なぜ雪白なのかと心のどこかで納得できていない。

（レイシ様は本当に雪白様に心奪われてしまったのだろうか……）

白虎の后宮は、侍女頭の帰莎の態度といい、下仕えの者達の様子といい、どこか陰気で冷たく、好きになれなかった。

けれどそれらは雪白本人の問題ではない。

むしろそんな境遇の中でけなげに耐える雪白はいじらしくも思える。

(雪白様ご自身に惹《ひ》かれるものがあったということなのか……)

きっとそうに違いないと思うのに、認めたくない自分が鬱然《うつぜん》と心の中に燻《くすぶ》っていた。

そしてそんなことで鬱々としてしまう自分が情けなくていらいらする。

しかもさらに董胡をいら立たせる知らせが王琳からもたらされた。

「尊武様より文が届いております」

「尊武様から?」

王琳に差し出された文を開いてみると、明日訪ねるから饅頭《まんじゅう》を作っておけと書かれている。

「な、なんで私が! まるで帝の先触れみたいに何様のつもりだよ!」

思わず文を投げ捨てた。

青龍では尊武の使部という立場だったから仕方がなかったが、今は帝の后・鼓濤だ。

一応、立場は上のはずだ。

王琳は困ったように畳に投げ捨てられた文を拾い上げた。

「ですが、あの方を怒らせない方がよいかと存じます。饅頭で懐柔できるなら、作っておあげになってはいかがでしょうか?」

「そ、それはそうだけど……」

冷静な王琳に言われると、少し感情的になり過ぎたかと反省する。

「鼓濤様が珍しくいら立っておられるのは雪白様の噂のせいでございますか？」

「そういうわけでは……」

弁解してみたものの、王琳はお見通しなのだろう。

「気になっておられるなら、尊武様にお確かめになられればよろしいかと存じます」

「尊武様に？」

「尊武様は宮内局の局頭でございます。懐妊が事実であるならば、典医寮を配下に持つ尊武様が真っ先にご存じでございましょう」

「そうか……。確かにそうだね」

さすが王琳は王宮の中のことをよく分かっている。

「分かった。美味《おい》しい饅頭を作って尊武様から聞き出してみるよ」

こうして、翌日尊武が鼓濤を訪ねてやってきたのだった。

◆

「お久しぶりでございます、兄上様。お元気そうでなによりでございます」

御簾の前の厚畳にどかりと座る尊武に、鼓濤は嫌みなほど丁寧に挨拶《あいさつ》を告げた。

「お后《きさき》様こそ、ご機嫌麗しゅうございます」

尊武もまた、青龍でのことは無かったかのように、ご丁寧に答えた。

すでにお互い腹の探り合いが始まっている。

「さっそくご希望の饅頭をご用意しましたので、お召し上がりくださいませ」

余計な会話はいらない。

饅頭を食べさせて白虎の后のことを聞くだけでいい。

そして用が済めば、とっとと帰ってもらおう。

「茶民、壇々。お饅頭をお出しして」

控えの間から、高盆に月見団子のように重ねられた饅頭と茶器を持った二人が出てきて、尊武の前に置いた。

前回は侍女達の顔を見ようともしなかった尊武だが、今回は二人をじっと見ている。

「そなた達……茶民に壇々か……」

また無視されるだろうと思っていた二人は、尊武に名を呼ばれて顔を輝かせた。

「は、はい！　私が茶民にございます」

「わ、私は壇々でございます」

尊武は納得したように肯いた。

「ふむ。青龍ではずいぶん余計な世話をしてくれたな」

「え？」

二人は訳が分からず顔を見合わせる。

董胡は慌てて「茶民、壇々。もうよいから下がりなさい」と声をかけた。

尊武にとっては青龍で邪魔ばかりした式神侍女達なのだ。

だが名前を覚えてもらえただけで、二人は嬉《うれ》しそうに顔をほころばせて戻ってきた。

(ごめんね、茶民、壇々。見初められるとかないから諦《あきら》めてね)

董胡は心の中で二人に謝り、手を合わせた。

「なんだ？　月見団子か？　私が食べたかったのはそういう饅頭ではなかったのだがな」

尊武は目の前に高く積まれた白い団子を見て、不満そうにため息をついた。

「いえ、餡子《あんこ》の入った月見団子ではありません。肉汁たっぷりの餡が入った饅頭でございます。一口で食べられる大きさにしているので見た目が似ているだけです」

一口で食べられる桜餅《さくらもち》を作ってから、鼓濤の宮でだけ一口饅頭が流行《はや》っている。

「甘い饅頭ではないのか？」

尊武は思い直したように饅頭を一つ手に取った。

「…………」

もぐもぐと噛《か》みしめていたかと思うと、何も言わないまままもう一つ手に取った。

「…………」

相変わらず何も言わないまま二個、三個と食べ進めていく。

「…………」

途中十個目ぐらいで、茶碗《ちゃわん》に茶を淹《い》れてすすっていたが、再び食べ始めた。

（相変わらず美味いともまずいとも言わないけれど、たぶん気に入ったのだろうな）

壇々の記録が二十個だったので、倍の四十個出したのだが、気付けば高盆はすっかり空っぽになっている。

最後にもう一度茶をすすると、尊武は人心地ついたように脇息《きょうそく》にもたれた。

「一口饅頭も悪くないな」

どうやら褒め言葉らしい。

（なんなんだ、この人は）

文句を言ってやりたいが、相変わらず食べっぷりだけは素晴らしい。

「お気に召したようで、よろしゅうございました」

今日は聞きたいことがあるので下手《したて》に出ることにした。

「ところでお后様におかれましては、先日妙なところでお会いしましたね」

「先日？」

董胡は首を傾げた。

「黄軍の青驪馬《せいりょうば》の厩舎《きゅうしゃ》ですよ。お忘れですか？」

「…………」

そうだった。

董胡の姿で黎司と話していたところに乱入してきたのだった。

「まさかと思いますが……余計なことは話していないでしょうね？」

菫胡はぎくりとした。

余計なことはかなり言ったような気はするが……辛うじて帝《みかど》と分かって斬り捨てようとしていたことだけは言っていない。

「心配なら、言われて困るようなことをなさらなければよいではないですか」

「ふーん。鼓濤様であられる時はずいぶん強気でございますね。されど、こちらも弱みを握っていることをゆめゆめお忘れにならないよう忠告しておきますよ」

今日は口止めに来たということか。

しかし尊武の話はまだ続いていた。

「ところで私は気付いてしまったのですが……」

菫胡は嫌な予感がして尊武を見つめた。

「鼓濤様はお化粧をなさると別人のように美しくなられるのでしょうか？」

「な、何の話でございますか？」

「しかし……寝所を共にした相手のお顔を、いくら男装しているからといって気付かないことがあるでしょうか？」

「…………」

菫胡はまずいと青ざめた。

「それとも寝所でも扇で顔を隠して、焦《じ》らす戦略でございますかな？」

「そ、それは……」

董胡が答えるより早く、尊武はすっくと立ちあがり御簾《みす》を持ち上げて中に入ってきた。

「な、何をなさいますか！」

ぎょっと御簾の中で後ずさる。

控えの間の王琳も異変を感じて慌てて出てきた。

「ふん……。いつもの子猿姿か……」

董胡はもちろん男装の医官姿だった。

尊武の前では姫君姿にはならないと決めている。

尊武はちっと舌打ちをして、そのまま御簾の中にどっかりと腰を下ろした。

「ち、ちょっと……。御簾から出ていってください！」

文句を言う董胡の側に王琳が駆けつけて、尊武から守るように間に座ってくれる。

「子猿相手に馬鹿馬鹿しいお后様ごっこをする気にならぬな。姫君の扱いを受けたいなら、相応の恰好《かっこう》で出迎えることだ」

「そ、尊武様には姫君の扱いなどされなくて結構です」

「ふん。私だけではないだろう。帝にも后扱いなどされてないのだろうが！」

尊武は呆《あき》れたように告げた。

「おかしいと思ったのだ。平民育ちのお前が帝の寵愛《ちょうあい》を得ているなど……」

「な、何が言いたいのですか！」

「帝はお前の料理を食べるためにこの后宮に通っているだけだろう？　本当は鼓濤の顔

すら見ていないのだ。違うか？」

「…………」

やはりこの人を誤魔化すのは無理だった。

「……ったく。親父様も華蘭も、鼓濤が皇子でも産んだら面倒なことになると警戒しているようだが、そんなことがあるはずもなかったな」

「玄武公と華蘭様が？」

考えてもいなかったが、そんなことを警戒されていたのだ。

「まあ命拾いしたな。お前が懐妊なんてしようものなら、あっさり消されていただろう」

「消される？」

「当然だ。弟宮を擁立したいのに、跡継ぎなんて産まれては困るだろう」

そうか。身代わりの姫として置いておくのはいいが、世継ぎまで産まれては目障りになってしまうのだ。

「でもそれでは……白虎のお后《きさき》様は……」

その目障りな世継ぎを身ごもっているかもしれないのだ。

「ほう。すでにお前の耳にも届いていたか。白虎の后の懐妊の噂が」

こちらから聞き出すまでもなく、この話題になったのはありがたい。

「それは事実なのですか？　本当に白虎のお后様は懐妊しているのですか？」

「さてな」

「さてなって……」

それを聞きたかったから饅頭《まんじゅう》を作ってもてなしたのに。

「親父様からも白虎の后が本当に懐妊しているのか調べよと命じられている」

「玄武公から？」

「まったく面倒事ばかり押し付けてくれる。私は白虎の后が懐妊しようがしまいが、どうでもいいというのに」

「ど、どうするのですか？」

董胡は尋ねた。

「明日、宮内局の局頭である私がじきじきに后の往診に行くことになっている」

「えっ⁉　尊武様が？」

尊武はにやりと董胡を見る。

「どうする？　お前も来たいか？」

「え？」

董胡と同時に王琳も声を上げた。

「私の使部として連れて行ってやろうかと言っているのだ」

「使部……」

「こ、鼓濤様。関わらない方がよろしいですわ。お断りくださいませ」

今まで黙っていた王琳が、慌てて口を挟んだ。

「どうする？　もしかして白虎の后が懐妊と分かれば、私は毒を盛るかもしれぬぞ」

「な！　まさか！」

「赤子だけを流す良い毒草があるのだ。親父様はそれを望んでいらっしゃる」

なんてことを言うのだ。この人は。

そんなことを言われたら董胡が断れないのを分かっていて言っている。

「さあ、どうする？」

にやにやと問う尊武の思い通りになどなりたくない。そう思うのに……。

分かっていても董胡は王琳の忠告を無視して答えるしかなかった。

「わ、私も行きます！」

「鼓濤様っ!!」

王琳は半ば呆れつつも、やっぱり……と肩を落とした。

九、雪白の診断

「もう鼓濤様ったら、なぜ行かれるなんておっしゃったのですか」

王琳は董胡の支度をしながら愚痴をこぼす。

「そうですわ！　白虎のお后様のことなんて放っておけばよいではないですか！」

「不躾《ぶしつけ》ながら、毒を盛られて赤子が流れてしまえば良いのですわ、そうすれば……」

茶民と壇々は過激なことを考えているようだ。

「茶民、壇々。そんなことを言うもんじゃないよ。雪白様のお腹にいらっしゃるのは帝のお子なんだよ。それを流されると聞いて、放っておけるわけがないじゃないか」

「まったく……。鼓濤様のお人好《よ》しにも困ったものですわ」

結局、尊武が訪ねてきた最終目的は、董胡を使部として連れて行くことだったらしい。

(なんで私を連れて行きたがるんだ、あの人は……)

嫌な予感しかしないが、とにかく尊武が怪しげな薬を煎《せん》じようとしたら阻止するしかない。

◆

白虎の后宮の往診は、尊武を中心とした典医寮の医師団で向かうことになった。

総勢十名の仰々しい集団が列になって歩みを進める。

全員が感染症予防のため鼻から下は覆い布で隠して、頭にも白い頭巾《ずきん》を被《かぶ》っていた。

使部として参加した董胡としては顔が分からなくてありがたいが、一団を見かけた人々は何事かと立ち止まって見ている。

后の懐妊が確認されれば、ただちに帝《みかど》に報告して臨時の殿上会議が開かれ、御子出産のための特別医師団が編成されるそうだ。

(分かっていたつもりだけれど、帝のお子を授かるとは大変なことなのだな)

董胡は医師団に紛れながら他人事《ひとごと》のように感心した。

尊武を先頭に白虎の后宮に入ると、玄関口で帰莎をはじめとした侍女達が緊張した様子で並んで出迎えていた。

董胡が診察に来た時とは大違いの待遇だ。

「ようこそお越しくださいました、局頭《きよくがしら》様。どうぞこちらへ」

帰莎は丁重に医師団を招き入れ、后の御座所《おましどころ》へと案内した。

董胡は一度来ているので分かっていたが、他の医師達は白過ぎる壁や畳に戸惑いながら部屋に入り、落ち着かない様子で尊武の後ろに順次並んで腰を下ろした。

尊武は一番前で、いつものように優雅でそつのない挨拶《あいさつ》をした。

「お初にお目にかかります、お后様。宮内局の局頭を務めさせていただいております、玄武公・亀氏の嫡男、尊武と申します。以後、お見知りおきくださいませ」

「…………」

御簾《みす》の中から返事はなく、しばし沈黙が流れた。

御座所には十名もの男達が肩を並べ、しんと后の返答を待っている。

異様な緊張感の中で、ようやく怯《おび》えるような声が返ってきた。

「局頭様が……私を診察するのでございますか？　帝以外の殿方に肌を見られるのは嫌でございます……」

まさに先日黎司が言っていた懸念がここにあった。

貴族の姫君は男性医師に肌を見せるのを嫌がるのだと。だから女性医師を育てたいと。

(もしかしてレイシ様は雪白様のためにあのようなことを？)

董胡との約束の一歩と思っていたけれど、雪白のこともあっての決意だと思うと、つきりと胸が痛んだ。

「ご安心ください。私は脈診と舌診、それからお着物の上から腹部を少し触らせてもらうだけでございます。その他の診立ては、産巫女《うぶみこ》の貴族女性が行います」

そうなのか？　と董胡は周りを見た。

てっきり男性医師ばかりと思っていたが、全員覆い布をしているので気付かなかった。

菫胡より後ろにぽつんと座っていた人物が前に進み出る。

よく見ると、宮内局の色である紫色の女官服だった。女官服は袍《ほう》服に似せた形になっているので女性だと気付かなかった。

「宮内局付きの産巫女、犀爬《さいは》と申します。本日は私がお后様《きさき》の懐妊を診断させて頂きます」

女性らしい良く通る高い声だ。

だが男性医師に交じっていても気付かない程度に背が高く、きびきびとした感情のない声が冷たい印象を与える。

「この犀爬は普段は麒麟の社《やしろ》にて産巫女として働いています。貴族の姫君のお産に何度も立ち会っておりますので、どうかご安心くださいませ」

尊武が説明する。

黎司も言っていたが、麒麟の社にはそんな人もいるのだ。

平民の間では『取り上げ婆《ばば》』と呼ばれるお産に慣れた老婆を中心に、近所の奥さん達で赤子を取り上げる。

一方、貴族の姫君はこのような産巫女を中心に、侍女達が立ち会うようだ。

お産は病ではないので、斗宿の治療院でも産後の肥立ちが悪い場合に呼ばれることはあったが、お産に直接医師が立ち会うことはなかった。

それにしても、犀爬は声の張りから考えても婆という歳ではない。
ちらりと見える横顔から、王琳あたりと同じ年頃の女性だと思われる。
(こんな風に医術の一端を担う若い女性がいるんだ)
董胡は親近感と共に、同志を見つけたような喜びに満たされた。
「……分かりました……」
御簾の中からは観念したような雪白のか細い声が聞こえた。
その返答を受けて、尊武が御簾の脇にいた帰莎に目配せする。
帰莎は立ち上がり、もう一人いた侍女と共に御簾を半ばまで巻き上げた。
医師団は頭を下げたままだが、董胡はつい野次馬心からちらりと視線を上げて見る。
ほんの一瞬だが、扇を下げた雪白の細面の白い顔が見えた。
(あの方が雪白様……)
朱璃や翠蓮とはまた違う妖艶《ようえん》な雰囲気が漂う美しい女性だ。
(レイシ様はあのようなお方が好きなのか……)
自分とはまるで違う。
女性としてまったく敵《かな》わない魅力のようなものを感じた。
そうして御簾はすぐに下ろされ、尊武だけが御簾の中に入った。
「お手を失礼致します」
尊武の声が聞こえ、脈診、舌診をしているらしい。

「どこかご不調はございますか？」

「嘔気《おうき》がございます。それから食欲がございませぬ。今も……うっ……」

尊武の質問に雪白は小さな声で答えて、急に吐き気をもよおしたようだ。

「嘔気というのは実際に吐かれることもあるのでございましょうか？」

「……はい。空腹になると気持ちが悪くなり吐いてしまいまする」

「…………。他には何かございますか？」

「それから……白飯の匂いが気になりまする。あとは……以前は酸っぱいものは嫌いだったのでございまするが、最近は酸っぱいものばかり食べたくなりまする」

「ふむ……。なるほど……」

悪阻《つわり》のお手本のような症状だ。

(やはり雪白様は身ごもっておられるのか。レイシ様のお子を……)

董胡は少し気落ちしながらも認めざるをえなかった。

「では薬師《くすし》に薬湯を作らせますので、その間に産巫女に診立ててもらいましょう。寝所の方に移動して頂いて構いません」

尊武はそう伝えて御簾から出てきた。

それと入れ替わるようにして、犀爬と侍女達が御簾の中に入っていく。

帯をほどいて横になってもらって診察するため、雪白は侍女と犀爬を連れて寝所の方へ移動したようだ。

尊武は少し考え込んでから、医師団の中の薬師に命じた。

「薬湯の準備を。処方するのは生姜《しょうきょう》、甘草、蒼朮《そうじゅつ》。それから……人参《にんじん》だ」

「はい！」

薬籠《やくろう》を背負っていた一人が、すぐに薬研《やげん》を出して準備する。

董胡は慌てて声をかけた。

「わ、私が薬草をご用意いたします！」

尊武はちらりと董胡を見た。そう言うだろうと思っていたのか、にやりと笑う。

「いいだろう。お前が薬草を揃えるがいい」

薬師は戸惑いながらも、仕方なく薬籠を開いて董胡の方に向けた。

たくさん並ぶ小さな引き出しには、ちゃんと生薬名が書かれている。

けれど、間違いなく正しい生薬なのか確認しなければならない。

尊武が毒殺を企《たくら》むのであれば、別の毒草が紛れているかもしれない。

「失礼いたします」

董胡は断ってから指示された生薬名の引き出しを開く。

（生姜、甘草……。間違いない。それから蒼朮と人参……。どれも違う生薬が交じっている様子はない。毒を盛るなんて本気じゃなかったのか……）

ほっとして生薬を揃えて薬師に渡す。

（それにしても……小半夏加茯苓湯ではないのか……。これは人参湯の成分……）

小半夏加茯苓湯で効き目が薄い場合、人参湯に替えることも確かにある。

けれど人参湯は悪阻の薬というよりは、体力虚弱、冷え性、胃弱などに用いる生薬だ。

嘔吐がひどいと言っている雪白の証《しょう》には、あまり合っていないように思う。

(尊武様は薬の処方はあまり得意ではないのだろうか？)

何でも完璧《かんぺき》と思っていたが、尊武だって不得意なものもあるのだろう。

ただ、飲んで害のある薬湯ではないので、異議を唱えるほどのこともない。

薬師が薬研で潰《つぶ》し、御膳《ごぜん》所を借りて煎《せん》じるところまで董胡は付き添って見張った。

薬師は「なんなんだ、こいつは？」という顔をしているが、そんなことを気にして毒を盛られては困る。

(特に怪しい動きはないいな)

雪白の診察は時間がかかっているらしく、ちょうど煎じ薬が出来上がった頃にようやく衣装を整えて、御簾に戻ってきたようだ。

再び御簾の脇に帰莎が座って、最初と同じ状態に戻る。

「薬湯ができましたので、少し冷めたらお飲みください」

尊武は高盆にのせた薬湯の器を帰莎に差し出した。

「それで……診察の結果はどうなのでございましょうか？」

いつもは冷静沈着な帰莎が、待ちきれないように尋ねた。

部屋の空気も緊張で張りつめている。

「犀爬、どうであったか？」

尊武の脇に控えた犀爬の答えを、全員が固唾《かたず》を呑《の》んで見守っていた。

「恐れながら……」

董胡もごくりと唾《つば》を呑み込む。

この犀爬の答えで、王宮は大きく動き出す。

まして皇子が産まれれば皇后が決まるのだ。

誰もが手に汗握る心持ちで期待していた。しかし。

「恐れながらまだ月齢が浅く、懐妊と決定できる段階ではございませんでした」

犀爬が答えると、緊張の糸が切れたようにどっとみんなが息を吐いた。

（あれだけ症状が揃っているのに……分からなかったのか……）

董胡としては複雑な気分だった。

茶民と壇々は喜ぶだろうが、事実の確認を先延ばしにしただけだ。

だが斗宿の治療院にいた時も、懐妊の確定は腹が大きくなって胎動が始まってからだった。

それまでは悪阻の症状や脈診などで、おそらく懐妊だろうと曖昧《あいまい》な診断しかできない。

稀《まれ》に懐妊を望むあまりに悪阻に似た症状を出す婦人や、赤子が根付かずに流れてしまうことも多々あるため、早い段階で確定するのは難しいのだ。

まして帝《みかど》のお子となると、慎重な診断になるのは仕方ないだろう。

しかし帰莎は納得できないらしい。

「そ、そんな！　これほど悪阻に苦しんでいらっしゃるのに。どう見ても間違いないではないですか！　私は姉の悪阻を見ておりますので知っています。まさに姫様と同じ症状でございました」

必死に言い募る帰莎を見て、董胡は、おや？　と思った。

この侍女頭は、確か雪白の話では奏優を后《きさき》に立てようと画策して、呪具《じゅぐ》まで用意していた人ではないのか？

（それにしては雪白の懐妊を望んでいるように見えるな）

いや、帝の寵愛《ちょうあい》が深くなって懐妊の可能性が出たことで、奏優から雪白に乗り換えたということか。

帝の子まで身ごもっているのに、わざわざ奏優を后に立てる必要などない。

王宮という場所では、その程度の寝返りはよくあることだ。

もしかしてそれで呪具も取り払ったのかもしれない。

それならそれで良かったけれど……。

帰莎はまだ不満そうに言い募る。

「一刻も早く帝にお知らせして、姫様の大切な御身を守って頂かねばなりませんわ。帝のお子を身ごもったとなると、どのような危険があるかもしれません」

帰莎が不安になるのももっともだ。

医師団が動くほど公になってしまったからには、后の安全を早く確保したいだろう。后の懐妊を喜ばない者によって毒を盛られることもあるのだから。尊武のように。

「されど、不確定なことを報告して、後で間違いだったと済ませることもできません。今はしばらく、お子が育つのをお待ちくださいますようお願い申し上げます」

帰莎は尊武にあしらうように諭されて、余計にいら立ったようだ。

「局頭様は玄武の方であらせられるから、白虎の姫様の懐妊を認めたくないのでございましょう？　玄武のお后様の先を越されて、悔しいからそのようにおっしゃるのですわ！　もっと公正な麒麟の医師様に診立ててもらいとうございます！」

今まで丁寧に接していた帰莎だったが、思わず本音が出てしまった。

帰莎の言葉を聞いて尊武の後ろで控える医師団達が息を呑み、董胡も青ざめた。

(うわあ……尊武様にそんな言い方をして大丈夫かな。知らないよ)

おそらく今日ここまでの尊武しか知らない帰莎には、雅《みやび》で優しげな育ちのいい御曹司に見えているのだろう。本性を知ったら、こんな言い方ができるはずがない。

尊武の顔は見えないが、その背に侍女頭ごときに無礼な物言いをされた腹立ちがめらめらと燃え上がっているのが見えた気がした。

(まさか怒りのあまり斬り捨てたりしないよね？)

だが帝ですら気まぐれに斬り捨てようとした人だから分からない。

しかし尊武は肩で大きく深呼吸してから、静かに告げた。

「お后様がそれをお望みであるなら麒麟の医師を呼びますが、どうされますかな？」

意外にも大人の対応だ。

「ええ！　もちろんですとも。ねえ、姫様」

勢いづいて答えた帰莎だったが、雪白は震える声で答えた。

「いいえ……。もう診察は嫌……」

「な、なにを駄々っ子のようなことを……」

帰莎は呆《あき》れたように言う。

「お子が産まれるとなったら、診察ごときを嫌がっている場合ではございませんよ」

「でも嫌だもの……。もういいの。みんな下がってもらって！　みんな出ていって！」

雪白は叫んで泣き出してしまった。

「姫様……」

さすがの帰莎もそれ以上言えなくなった。

それを見計らって、尊武が告げた。

「では、お后様もこうおっしゃっていますので、我らはこれにて失礼いたします」

こうして雪白の診察は波瀾《はらん》のうちに終わった。

◆

診察を終えて医師団は宮内局の局舎に戻ってきたのだが、菫胡はなぜか尊武の局頭室に連れて来られていた。

本来なら意地でも固辞して后宮に戻るのだが、今回は素直についていった。

なぜなら、産巫女《うぶみこ》の犀爬が一緒だったからだ。

女性でありながら医術に近い仕事をする犀爬に興味があった。

どうしても話をしてみたかった。

その犀爬と菫胡だけが尊武の前に並んで立っている。

覆い布を取った犀爬は中性的な顔立ちで、髪は後ろで一つに束ねている。

だが話しかけてみたくてちらちらと横目で見る菫胡に気付くと、迷惑そうに睨《にら》まれた。

(そ、そうか。私は女性同士と思って勝手に親近感を持っているけれど、犀爬は私を男だと思っているのだものね。気味悪がられるよね)

菫胡はしゅんとしてじろじろ見ないように俯《うつむ》いた。

「さて……犀爬。本当のところはどうであったか報告してもらおうか」

尊武は菫胡の気も知らず、お互いを紹介することもなく尋ねる。

「…………」

犀爬が質問に答えずぎろりと董胡を見たので、尊武はようやく気付いたように告げた。

「この者のことは気にせずともよい。玄武の后の専属薬膳師《やくぜん》だ」

「玄武のお后様の？」

犀爬はますます不機嫌そうに董胡を睨みつけた。

「お后様はこのような若い子を専属薬膳師にしているのですか？」

男性と思っているから、余計に若く見えているのだろう。

「男性は良いですね。少しお顔が綺麗《きれい》だと、大した技量がなくともこのようにお后様に気に入られて高い役職に就くことができるのですから」

気にくわないというようにぷいと顔を背けられた。

どうやらすごく嫌われてしまったようだ。

本当はあなたと同じ女性なんだよと言いたいが、もちろん言えない。

尊武は嫌われてしょんぼりする董胡を愉快そうに見ている。

(もう少し犀爬に反感を持たれない紹介の仕方もあるだろうに)

恨み言を言いたいが、仕方がない。

「それで？　白虎の后は……実際はどうだと思う？」

尊武は再び尋ねた。

犀爬は董胡を気にしながらも、諦《あきら》めたように答えた。

「懐妊はされておりません。いくら待ってもお子など育つはずもございません」

「えっ⁉」

董胡は驚いて犀爬を見た。

しかし尊武は分かっていたのか「やはりそうであったか」と答えた。

「ええっ！　尊武様もそう思っていらしたのですか？」

董胡だけが懐妊と思い込んでいた。

「嘔気《おうき》があるというのは嘘だな。よく嘔吐するというのも嘘だ。脈診も舌診もそのような証は示していない」

「では……人参湯《にんじんとう》を処方されたのは……」

診立ての間違いではなかったのだ。

「なぜ雪白様はそのような嘘を……？」

あまりにも大それた嘘だ。

これだけ大勢の人々を動かして、帝《みかど》にも多大な影響を与える嘘なのに。

「なぜだと？　決まっているだろう。帝の関心を引くためだ」

「そんな……。そんなためにこんな嘘を？」

「そんなために嘘ぐらいつくだろう？　帝が気にして通ってくれれば、序列も上がる。立場も強くなる。みんなが軽んじなくなる。うまくいけば、本当に懐妊する可能性も高くなる。よくあることだ。だから帝に報告する前に、宮内局の医師団が確認するのだ」

言われてみればそうだけど……。

犀爬はそんなことも分からないのかと肩をすくめて、報告を続けた。

「されど……破瓜《はか》はお済ませになっていることは間違いないですね」

破瓜とは……朱雀の妓楼《ぎろう》でも聞いた言葉だ。

つまりそういう経験があるということだ。

(じゃあ少なくともレイシ様とそういう関係であることは間違いないのだ)

やはりそうなのかと思うと、自然に気持ちが沈む。

「ですが……破瓜は数年前に済ませておられるようでございます」

「数年前？」

董胡ははっと顔を上げた。

皇帝の許《もと》に嫁いできたのは、董胡と同じ半年ほど前のことだ。

とういうことは……。

尊武は驚いた風でもなく告げた。

「皇帝に嫁ぐ前に睦《むつ》む相手がいたということか」

「はい。しかも複数名と思います」

「えええっ！」

あんなに儚《はかな》げで純白の清らかさを醸し出す姫君が……。

董胡は信じられない思いで叫んだ。

尊武は愉快そうに笑っている。

「ははは。なるほどな。なかなかのあばずれ姫君のようだな。こいつは面白い」

「お、面白がっている場合ではありませんよ。本当なのですか？　産巫女というのは、診察するだけでそんなことまで分かるのですか？」

さすがにそこまで分かるなんて信じられない。

「まあ……普通の産巫女はそこまで分からないだろうな。だが犀爬は違う」

「違うって？」

「犀爬は麒麟の血筋の者だ。妊婦を診察すれば腹の中に子がいるかどうか、またそれが男であるか女であるかまで分かる。産巫女としての能力に特化しているのだ」

「麒麟の血筋……」

そんな麒麟の力もあるのか。

「非常に面白い力を持つ稀有《けう》な存在だ」

尊武に褒められて、犀爬は得意そうに胸を張る。

「尊武様が見出《みいだ》して下さった力です。今の私があるのはすべて尊武様のお陰です」

菫胡には冷たいが、尊武には尊敬以上の好意が感じられた。

「ご苦労だったな、犀爬。では下がってよいぞ」

尊武は犀爬の好意的な視線をあっさり受け流し、用は済んだとばかり告げた。

「え？　でも……」

犀爬は自分だけ下がることが納得できないように菫胡を見た。

「こいつにはまだ話がある。またお前の力を借りるかもしれぬから、その時は頼む」

「は、はい……。分かりました」

犀爬は不満げに答えると、董胡をきっと睨んでからぷいっと部屋を出ていった。

(仲良くなりたかったのに……。ものすごく敵対心を持たれている)

いろいろ話してみたかったが、一生仲良くなれる日は来ないような気がした。

そんな董胡の気も知らず、二人きりになると尊武はにやりと笑った。

「良かったな、董胡。これで毒など盛る必要もない。むしろ叩《たた》けばいくらでも埃《ほこり》が出てくる后《きさき》かもしれぬぞ。面白くなってきたな」

「面白くなどありませんよ！」

「私が麒麟の医師を呼ぼうと言ったら慌てて泣き出しただろう。思い付きでついた嘘がどんどん大きくなって、さぞかし今頃生きた心地もしないことだろうな」

「そ、それでわざとあんな大人の対応を？」

おかしいと思ったのだ。わざと雪白を追い詰めるために帰莎の言葉に応じたのだ。

つくづく意地の悪い人だ。

「あの侍女頭の女もまさかそんなあばずれ后に仕えているとは知らぬようだったな。この私に無礼な物言いをして、さて……どうやって後悔させてやろうか」

やはり帰莎の無礼な言葉を根に持っていたのだ。

この人を怒らせると蛇よりねちっこいのは董胡が一番よく知っている。

また良からぬ企《たくら》みをしなければいいが。

「そ、それよりも帝が本気で雪白様をご寵愛《ちょうあい》されていたらどうするのですか。きっと真実を知れば深く傷ついてしまわれます。その方が心配です」

ようやく気を許せる姫君に出会えたと思ったら、こんな嘘をつく人だったなんて。

黎司の人間不信がまたひどくなりそうだ。

せっかく治りかけていた拒食《きょじき》だってぶり返すかもしれない。

「ふ……。帝の心配をしている場合か？　お前こそ帝の寵愛を奪われて、本当は白虎の后を殺してやりたいと思っていたのではないのか？　俺はお前が薬草を揃えると声を上げた時、てっきり毒でも仕込むのかと思っていたぞ」

「ま、まさか！　そんなことをするわけがないでしょう！」

それであっさり董胡に薬草を準備させたのだ。

どこまでいってもあくどい事しか考えていない。

「だがまあ……お前も充分気を付けることだな」

「気を付ける？」

董胡は怪訝《けげん》な顔で聞き返した。

「帝の子を身ごもるようなことがあれば、今回のように様々な者が水面下で動き始め、誰に毒を盛られるか分かったもんじゃないということだ」

「な！　一番毒を盛りそうな人に言われたくないです！」

真っ先に毒を盛るのは玄武公か尊武だ。それだけは間違いない。

「ははは。そういうことだ。私に毒を盛られたくなければ、帝の子など孕《はら》まぬことだ。まあ、忠告せずとも帝はお前の顔すら見ていないようだからな。最初から相手になどされていなかったのだったな。ははは」

「…………」

董胡は当たっているだけに、余計悔しさが増して拳《こぶし》を握りしめた。

（なんなんだ、この人は！）

結局、扉爬を先に部屋から出してまでして、このことを言いたかったらしい。

（本当に嫌な人だ！）

こうして董胡はぷりぷり怒りながら、后宮へ戻っていったのだった。

十、朱璃の企み

雪白の診察から数日が過ぎ、まだ懐妊の噂は流れているものの、いずれ間違いであったと分かって終息に向かうはずだ。

王琳達には先に懐妊ではないようだとだけ伝えていたので、玄武の后宮だけはすっかり落ち着きを取り戻していた。

黎司はまだ鼓濤の許を訪ねて来ないままで、次の大朝会も白虎が筆頭だったと聞いた。

相変わらず白虎の贅沢三昧《ぜいたくざんまい》は続いているらしく、茶民と壇々が、今度は白虎の后が櫛《くし》を注文したらしいとか、紅拍子《べにびょうし》を呼んだらしいとか聞いてきては愚痴をこぼしている。

(結局雪白様という方はどういう人なのだろう)

確かに美しい姫君ではあったものの、少し浅はかなところがあるのかもしれない。

行き当たりばったりで嘘をついて、欲しい物は強引に手に入れる。そして思い付きで嘘をつくものだから、すぐに襤褸《ぼろ》が出るし、整合性がとれなくなってくる。

(奏優様のことも嘘なのだろうか？　帰莎のこともよく分からないな)

どこまでが本当でどこまでが嘘なのか分からない。

（呪具《じゅぐ》のことも自作自演？　それとも本当なのかな？）

黎司はどこまで気付いているだろうかと心配になる。

（お優しいレイシ様は、もしかして雪白様の嘘に振り回されているのでは？）

董胡の聞いたことをすべて黎司に話してしまいたいが、雪白を本当に寵愛しているなら傷つけてしまうのではないかと躊躇《ためら》ってしまう。

董胡はどうしたものかと、もんもんと過ごしていた。

そんなある日、玄武の后宮に朱璃を招くことになった。

最初、雪白も一緒にと考えていたお茶会は今回の騒動のこともあり、結局朱璃と二人ですることにしたのだ。

いつものように朱璃が一人で勝手に出歩くのではなく、ちゃんと前もって文で知らせ、禰古を伴ってやってきた。后同士の正式なお茶会だ。

だが皇太后のお茶会のような緊迫したものではなく、本当にお茶を飲みながら甘味を食べておしゃべりを楽しむというものだ。

ただし、おしゃべりの内容は最初から過激なものとなった。

「鼓濤様！　最近の帝《みかど》をどうお思いでいらっしゃいますか⁉」

朱璃は御簾《みす》の前の厚畳に腰を下ろすなり、鼻息荒く尋ねた。

朱璃の厚畳の脇に座った禰古も、興奮したように同調する。

「本当になんということでございましょう！　まさか白虎のお后様が懐妊だなんて！」

御簾を上げて扇を持つ董胡は、二人の突然の剣幕にたじろいだ。

いつも医官姿の董胡ばかりと会っているので今日は鼓濤と后同士語り合いたい、という朱璃の要望を受けて、姫君らしい装いで応対していた。

つまり后同士、帝の不満を語り明かそうということだったらしい。

董胡は困ったように、御簾の手前に座る王琳と顔を見合わせた。

「よりにもよって急に湧いて出たような白虎の后を懐妊させるだなんて」

朱璃に続いて禰古も声を荒らげる。

「私はもちろん朱璃様に皇后になって欲しいと今でも思っておりますが、百歩譲って玄武のお后様なら認めようと思っておりました。それなのに、何ですか？　白虎のお后様ってなんなんですか！」

二人ともよほど不満がたまっていたのか、董胡が口を挟む隙もなく愚痴をぶちまけた。

「帝がこのように浮気者《うわき》だとは思いもしませんでした！　今度会ったら恨み言を並べ立ててやろうと思うのに、文を出しても忙しいなどと言って先延ばしにされる始末」

「帝を見損ないましたわ！　もっと人を見る目がおありだと思っていましたのに」

「今日も昼間から白虎に通っておられるそうですよ！　このままでいいのですか、鼓濤様！」

「鼓濤様がもっと積極的に行動なさらないから、帝が心移りしてしまわれたのですわ。どうにかして下さいませ！」

二人とも息をつく暇もないほど言い募り、ぜーはーと肩で息をしている。

「い、いえ、どうにかしてと言われましても。あ、あの……それに白虎のお后様《きさき》の懐妊はおそらく間違いでございます。もうすぐそのような噂に変わるだろうと思いますよ」

「え⁉」

董胡が答えると、二人は声を合わせて聞き返した。

「実は私は典医寮の医師団によるお后様の診察に同行致しました。その場で診断を下すのはお后様に恥をかかせることになりますので曖昧《あいまい》に答えていましたが、診察した産巫《うぶみ》女《こ》の話では、懐妊はないだろうという話でございます」

「そ、そうなのですか？　なんだ……」

朱璃と禰古はそれを聞いて、ほっと脱力した。

朱璃はそれでも納得できないように尋ねた。

「けれど帝が白虎に連日お通いになっているのは事実でしょう？　序列を見ると、鼓濤様の許《もと》からも足が遠のいておられるのでは？」

董胡は肯《うなず》いて答える。

「実は最後に帝が来られた時にしばらく白虎にお通いになるという話は聞いております」

「え？　わざわざ鼓濤様に別の后の許へ通うと宣言されたのですか？」

「まあ！　なんて無神経な！　あんまりですわ！」

朱璃と禰古は怒りを再燃させて声を荒らげる。

「い、いえ、そうではなく……実は……朱璃様だからお話し致しますが、白虎のお后様の許で呪具が見つかったとかで、その処理のために通われているようです」

「呪具？」

董胡は朱璃に隠し事をすると、余計に話が大きくなりそうなので、これまであったことをすべて話した。

そして奏優のことや帰莎のことなども、朱璃がどう判断するのか聞いてみたかった。

すべて聞き終えた朱璃は、険しい表情になっていた。

「話を聞いて、朱璃様は雪白様のことをどのように思われますか？」

董胡は率直に尋ねる。

朱璃は少し考え込んでから「厄介ですね」と答えた。

「厄介？」

「妓楼《ぎろう》にも時々雪白様のような妓女がいました。だからよく分かります」

妓楼で育った朱璃は、様々な女性達の修羅場を見てきている。

「この手の女性は、どういうわけか自分がか弱く不遇で、もっと守られて恩恵を与えられるべきであると信じています。自分が不幸であるのは、すべて周りの人々のせいだと被害者意識が強いのです。そして現実を自分に都合よく書き換え、それこそが真実だと思い込むのです。一番厄介なのは、自分の嘘を信じ込み、自分が嘘をついているという自覚すらないことです」

「嘘をついている自覚がないのですか？」

麒麟寮で過ごしていた頃にいつも嘘をつく医生がいたが、彼は自分が嘘をついていることをちゃんと自覚していた。

男社会で育った董胡には、雪白はあまり出会ったことのない人種だった。

「本人に自覚がないものですから、嘘を見抜くことは難しいのです。妓楼でも一人その手の女性がいると、周り中が嘘に巻き込まれて疑心暗鬼になり、最悪の場合は人間関係が崩壊していくのです。特に美しい女性であった場合は、馬鹿な男どもは簡単に騙《だま》されてしまいますからね。要注意人物です」

「そ、そうなのですね……」

そんな女性に黎司が夢中になっているとしたら心配だ。

「帝は大丈夫でしょうか？」

王琳が心配そうに尋ねる。

朱璃は肩をすくめた。

「もしも帝が雪白様に心奪われ、本当に懐妊されて皇后になるようなことがあれば、国を揺るがすようなことにもなりかねませんよ」

「国を揺るがす……」

「歴史の中で傾国《けいこく》の后と呼ばれる女性は、その手の女性が多いのではないかと私は思っています」

そんなことになったら大変だ。

そして朱璃は言い放った。

「だから言っているでしょう、鼓濤様。あなたが皇后にならなくてはだめなのです」

「な！　なぜそうなるのですか？　朱璃様の方が皇后にふさわしいではないですか！」

自分よりも朱璃の方がふさわしいと、董胡だってずっと思っている。だが。

「私は無理です」

「な、なぜですか？」

「子を産めません」

「え？　どうして？」

「嫌だからです」

もしかして子を産めない病を持っていたのかと思った。しかし。

そんな答えがあるのか？

「え？　嫌って……それなら私も嫌です」

「鼓濤様の嫌とは比べ物にならないほど嫌です」

「く、比べようがないではないですか。私の方が嫌ですよ」

「いいえ。私の嫌は相手が誰であっても、死にたくなるほど嫌なのです」

埒《らち》が明かない。

「ねえ、鼓濤様。私は帝が好きですよ。良き皇帝になられるお方だと信頼しています」

「でも、好きでも嫌なのです。私個人の尊厳に関わる問題なのです」

珍しく真剣な顔で朱璃が告げる。

「鼓濤様、お願いです。伍尭國のために覚悟を決めてください。雪白様が皇后となって国母《こくも》になってもいいのですか？　雪白様の嘘に翻弄《ほんろう》されるのは、次は善良な民かもしれないのですよ。国中が混乱するかもしれません」

「それは……」

「どうかお願いします。あなたが皇后になるのなら、私は王宮に残ってあなたの補佐をしてもいいと思っています」

禰古は初めて聞いたのか、驚いたように朱璃を見た。

朱璃は二年で王宮から出ると言っていたのに。

「朱璃様が残って頂けるなら……心強いですが……」

朱璃ほど強力な補佐はいないだろう。

けれど皇后を決めるのは帝だ。

ただ……董胡も青龍から帰って以来、新たな考えが芽生えていた。

「皇后になるという話は別にして……実は近いうちに帝《みかど》にすべて話してみようかと思えるようになっていました」

「鼓濤様！　本当ですか？」

朱璃は嬉《うれ》しそうに眼を輝かせる。

「懸念していた帝の拒食《きょじき》がずいぶん良くなっているように思います。そのせいかもしれませんが、以前ほどの拒絶を感じなくなっているのです」

自分でも不思議なほど、頑《かたく》なだった気持ちがほぐれてきている。

それはきっと卜殷に会って、自分が本当に濤麗の娘だと分かったこと。それから白龍の話した予言のような言葉を聞いたからかもしれない。

そして今回の雪白のことも董胡の気持ちを後押ししている。

雪白の嘘はずいぶん身勝手で迷惑なものだが、董胡の嘘は黎司にとってもっと悪質だと言えないだろうか。このまま嘘をつき続けることが辛《つら》くなってきていた。

卜殷の言っていた、話すべき時が来ているのかもしれない。

(もちろんレイシ様がどのような反応をするのかという恐怖はあるけれど)

心の声に従ってみようかという気持ちが少しずつ高まってきていた。

「もし白龍様に会えたなら……。この迷いがすべて吹っ切れるような気がしています」

「ならば捜しに行きましょう！」

朱璃は勢いづいて答えた。

「そんなことができるのですか？」

「もちろんです。幸か不幸か、雪白様のお陰で一層頼みやすくなりました」

「雪白様のお陰で？」

首を傾げる董胡に、朱璃はにんまりと微笑んだ。

「子宝祈願ですよ、鼓濤様」

「子宝祈願⁉」

思ってもいなかった言葉に董胡は目を丸くする。

「白虎に子宝成就で有名な麒麟の大社《おおやしろ》があるのです。過去にも皇帝の后《きさき》がお忍びで子宝祈願に詣《もう》でる事例がたくさんあります。世継ぎの皇子を授かることは后の最も大事な任務なのです。王宮から滅多に出られない后も、子宝祈願を口実にすれば許可が下りることでしょう」

「確かに……過去のお后様のお忍び祈願の様子は、絵巻にも残っていますね」

お忍びと言いながらも、大行列を作って詣でる絵巻を見たことがある。

「ついでに朱雀の舞団を護衛代わりに連れて行こうと思っているのです」

「朱雀の舞団ですか？」

「鼓濤様は朱雀で会った綺羅《きら》を覚えていますか？」

「綺羅？　ええ。妓女の見習いとして潜入していた朱璃様の一番弟子でしたよね」

「その綺羅のお披露目で派手な興行を計画していたのです。中でも白虎は裕福な商人が多く、大規模な収益が期待できる場所なのです。一番弟子の初舞台ですから、私も同行できないものかと、前々から考えていました。私にとっても願ってもない好機です」

なんだか話がどんどん大きくなっている。

「で、ですが……帝がお許しになるでしょうか？」

簡単に肯《うなず》いてもらえないような気がする。

「ふふふ。だから雪白様の件を持ち出すのですよ。我らは懐妊の噂にひどく傷つき、心穏やかでない日々を過ごした可哀相な后なのです。どれほど我らが悲しんだか、ねちねちと帝に言い募り、必ずや応と言わせてみせます。私にお任せください。ふふふ」

朱璃はすでに脅迫者の顔になって悪辣《あくらつ》な微笑みを浮かべている。

「ほ、本当に大丈夫でしょうか」

「私にどんとお任せください。今回は帝に言いたいことが山ほどありますからね」

不安だが、ともかく白龍を捜しに行けるなら頼みたい。

「だから約束して欲しいのです、鼓濤様」

「約束？」

「もし白龍様とやらが見つからなくても、白虎から帰ったら帝にすべて正直にお話しください」

改めて朱璃に言われて、董胡はまさに進むべき道に導かれたような気がした。

それこそが真実を告げるべき時なのだと。

だから董胡も決心して肯いた。

「分かりました。お約束します」

董胡の意志を確認すると、朱璃はすっかり安心したように告げる。

「さあ、もうこれで難しい話は終わりにしましょう。今日はお茶会に来たのですから、楽しくおしゃべりしましょう。良い茶葉が手に入ったので持ってきたのですよ。禰古、お渡ししてください」

禰古は立ち上がり、膝《ひざ》に抱えていた風呂敷《ふろしき》包みを王琳に手渡す。

「お心遣いありがとうございます。さっそく淹《い》れて参りましょう」

王琳はもらった茶葉でお茶の準備をするため部屋から出て行った。

その間に甘味を用意する。

「私は蓬《よもぎ》の一口団子を作りました。茶民、壇々、持ってきて」

鼓濤の后宮で流行《はや》りの一口団子を、今度は蓬団子にしてみた。

二人の侍女は高盆に積み重ねられた緑の団子をそれぞれ持って、朱璃の前と鼓濤の前に置く。

「蓬団子ですか！　私の大好物ですよ」

そうだと思った。

香りが鼻に抜けるような蓬の爽《さわ》やかな苦味は、苦いもの好きの朱璃の口に合うはずだ。

「まあ、小さくて可愛い団子ですこと！」

禰古も嬉しそうに顔をほころばせる。

「蓬は艾葉《がいよう》という止血薬として使う生薬ですが、石臼《いしうす》でひいて葉の裏にある綿毛のような繊維を集めるとお灸《きゅう》に用いる艾《もぐさ》になります。そして春の若芽は苦味が少なく、浄血、美容、冷え性などに効能のある薬膳《やくぜん》の材料となります。他にも茶葉にしたり、湯殿に浮かべたり、様々な使い途《みち》のある大変便利な植物なのです」

董胡もいつもの調子で蘊蓄《うんちく》を並べ立てる。

「へえ……。お灸の艾と蓬団子が同じ草からできていたなんて、知りませんでした」

朱璃は感心して、団子を一つ手に取る。

禰古も続けて手に取ると、二人同時にぱくりと頬張った。

「！　美味《おい》しい!!」

そして二人同時に声を上げる。

「一口で食べるから、蓬の爽やかな苦味と餡子《あんこ》の甘みが口の中で丸ごと絡まり、最後に鼻に抜けるすっきり感まで一気に味わった気分になりますね」

「食べやすいのも良いですわ！　やはり鼓濤様のお料理は最高ですわ」

言いながら、二人とも二つ目の団子に手を伸ばしている。

「お茶はまだかな？　王琳は遅いね」

蓬の効能を話している間に準備できると思っていたのに、王琳にしては手間取っているようだ。そう思っていたのだが……。

「お待ちください！　鼓濤様は来客中でございます！　どうかお待ちを！」

王琳の叫ぶ声と共に、戸口に無理やり入ってくる人影が見えた。

（え？　誰？　尊武様？）

こんな強引な入り方をする不届き者なんて尊武しか思いつかない。

慌てて扇を持って顔を隠す。

しかし現れたのは、想像もしない人物だった。

「薬膳師・董胡を出しなさい‼」

大声とともに御座所《おましどころ》に入ってきたのは……。

「奏優様！　鼓濤様に無礼でございますよ！　おやめください！」

黎司の侍女頭、奏優だった。

十一、奏優乱入

（奏優様がどうして？）

奏優のことは最初の頃に大朝会で何度か見かけていたが、特に話をしたこともない。

董胡の方は弟宮の侍女頭と言い争う奏優が印象に残っているが、俯《うつむ》いて目立たないようにしていた当時の偽《にせ》侍女頭・董麗《とうれい》のことは覚えているだろうか。

覚えていたら面倒なことになる。

顔が見えないように扇を大きく開いて、様子を窺《うかが》う。

「何事ですか、奏優様？　お后様達の前で無礼ではございませんこと？」

禰古がちらりと視線をやり、言い捨てた。

「あなたは……朱雀の……」

大朝会で見かける禰古のことは、奏優もよく覚えているらしい。

禰古はいつも派手な衣装で、誰彼なく話しかけているから目立つ存在だった。

「では、そちらにおられるのは……」

奏優は、はっと禰古の隣に座る朱璃を見た。

「朱雀の后《きさき》、朱璃でございます。あなたが噂の奏優でしたか」

朱璃は扇で顔を隠すこともなく、紅拍子の光貴人さながらに流し目で見つめる。

奏優は一世《いっせい》を風靡《ふうび》した朱璃の美しさに圧倒されて目を見開いた。

「し、失礼致しました。朱雀のお后様までおられるとは思わず……」

奏優は慌てて朱璃の前にひれ伏した。

「ふーん。私には失礼と分かっているようですね。ですが鼓濤様には失礼とは思っていないということですか？」

朱璃は気に入らないという顔で尋ねた。

「そ、それは……」

「鼓濤様の御座所に乱入してくるなど、ご自分がどれほど無礼なことをなさっているか分かっていますか？　ただでは済みませんよ」

「わ、分かっています。罰を受ける覚悟で参りました」

朱璃はひれ伏したまま答える奏優をじっと見つめてにやりと笑った。

「罰を受ける覚悟？　ふーん。そこまでの覚悟ならば聞いてあげましょう。何用でいらっしゃったのですか？」

「もう、朱璃様ったら！」

禰古が文句を言っているが、野次馬気質の朱璃は興味を持ってしまったようだ。

そして奏優は信じられないことを告げた。

「白虎のお后様が……雪白様のお腹のお子が……流れてしまいました」

「!?」

朱璃は驚いて扇に隠れている董胡の方を見た。

さっきの話では、雪白は子が流れる以前に懐妊すらしていなかったはずだ。

それなのにどういうことなのか、と。

「確かに……私も白虎のお后様が懐妊されたという噂を聞きました。けれど噂ばかりが先行していて、まだ確定されていなかったという話ではないですか」

朱璃は落ち着いて反論する。

「それは玄武の医師団がおっしゃっていることでございます。玄武は白虎のお后様の懐妊を認めたくないから、明らかにお子がいらっしゃるのに、まだ確認できないなどという診断をしたのでございます」

「…………」

朱璃はそうなのか？　という顔で、もう一度董胡を見た。

董胡は扇に隠れながら、ふるふると首を振る。

(そんなはずはない。尊武と犀爬は嘘をついている感じではなかったし、本当に懐妊していたなら、尊武がすぐに次の手を打っているはずだ)

けれど奏優はさらに言い募る。

「そのうえ侍女頭の帰莎が麒麟の医師に診て頂きたいとお願いしたのに、それはできないとお断りになったとか」

（それは嘘だ）

断ったのは雪白だ。

尊武は麒麟の医師を呼んでもいいと言ったのに。

「そして出された薬湯を飲んだところ、今朝方、お子が流れてしまったと雪白様より涙ながらの文を頂きました！」

「まさか……」

そんなはずはない。

出した薬湯は間違いなく人参湯《にんじんとう》で、子を流すような薬など入っていない。

目の前で煎《せん》じるところを見ている董胡だからはっきり言える。

念のため毒見までしたから間違いない。

「私が……私がお側にいれば、このようなことにならなかったものを……」

奏優は悔しげに呟《つぶや》いて、きっと董胡の方を睨《にら》んだ。

「鼓濤様が陛下に私のことを告げ口なさったのでしょう？　あらぬ噂を流しているなどと言いがかりをつけて、私が雪白様の許《もと》へ通えぬように仕向けたのです！」

「そ、それは……」

確かに告げ口はしたけれど……。

本当にあらぬ噂を流しているのだから仕方がないだろう。

けれど別に奏優を雪白から遠ざけようとしたわけではない。むしろ奏優が呪具《じゅぐ》に関係しているなら雪白が危険だから、そのための処置だったはずだ。

しかし奏優は怒り心頭に発した様子で叫んだ。

「分かっているのですよ！　鼓濤様こそが、玄武の医師団に指示した張本人なのでしょう！　目障りなお子を流す薬湯を飲ませよと！」

「ええっ!?」

なぜそうなるのかと驚いた。

筋書としては辻褄《つじつま》が合うけれど……いろんな嘘が積み重なっている。そして時折少しだけ本当のことが混じっているから余計にたちが悪い。

「奏優、誰に物を言っているのか分かっていますか？」

今まで黙って聞いていた朱璃が、凄《すご》みのある声で静かに尋ねた。

「しゅ、朱璃様………」

「帝《みかど》のお后様に対して、恐ろしい嫌疑をかけているのですよ？　事実であるならばもちろん大変なことですが、逆に間違いであったなら謝って済む話ではありません」

「………」

奏優は青ざめた顔で息を呑《の》んだ。

「雪白様がそのように文でおっしゃっていたとしても、それが嘘である可能性もあるでしょう？」

「ゆ、雪白様は高貴なお育ちのお方です。そのような嘘など……」

「高貴な姫君は嘘をつかないと？」

「す、少なくとも……幼い頃に攫《さら》われて……お育ちも定かではなく……お、お血筋すら本当かどうかも分からぬようなお方よりも……」

「おだまりなさい!!」

朱璃は奏優の言葉半ばで怒鳴りつけた。

その剣幕に奏優は一瞬たじろぐ。

「その噂を流していたのは、やはりあなただったのですね。鼓濤様を愚弄《ぐろう》するなら許しませんよ！　たとえ帝の侍女頭であろうと、厳しい罰を受けてもらいます！」

「わ、私は噂など流しておりません！　そ、そんな后を持つ帝の御身さえも穢《けが》すことになってしまいますから。そんなことするわけが……」

「けれど雪白様は奏優から聞いたと話しているようでございますよ？」

「え？」

奏優は驚いて顔を上げた。

「玄武のお后様の正体を暴いてやると……これは雪白様の嘘ですか？」

「そ、それは……」

奏優は青ざめた顔で俯いた。

「ゆ、雪白様にだけ申しました。玄武のお后様に帝のご寵愛《ちょうあい》を独り占めされて、落ち込んでいらっしゃる雪白様を勇気づけたくて……」

「その話は白虎の下働きの者達が言いふらし、王宮中の噂になっているようでございますよ。安易なあなたの内輪話が、帝と鼓濤様の名誉を穢したのです」

「え……。まさか……」

奏優は知らなかったらしく、啞然《あぜん》としている。

奏優としては雪白だけに内密に話したようで、噂にするつもりはなかったのだろう。

情報元は奏優だろうが、意図して噂を流していたのはやはり雪白らしい。

「で、でも事実なのでございましょう？　こ、鼓濤様が偽の姫君であらせられるなら、その方がもっと大きな罪ですわ。下賤《げせん》な姫君……いいえ貴族の姫君でもない方が、偽りの身分で帝の后になりすまし、ご寵愛まで受けるなんて……そんなこと……わ、私は黙っておくわけには参りません！」

奏優の言葉に、董胡はぎくりとした。

まったくの偽者ではないと分かったものの、父親が玄武公であるかどうかは分からない。玄武の一の姫として嫁いでいるからには、偽者だと言われても仕方がない。

奏優は自分が罰を受けることも厭《いと》わず、黎司のために偽后《にせきさき》を糾弾しようとここに乗り込んできたのだ。

「そ、それに鼓濤様が醜女《しこめ》だということも知っていますわ」

「醜女？」

朱璃は意表を突く発言に驚いて声を上げた。

「なぜ鼓濤様が醜女だと？」

「今だってそのように扇で顔を隠していらっしゃるではないですか。朱璃様は堂々とお顔を出していらっしゃるのに」

「私は御座所《おましどころ》ではいつも扇は使わないのです」

朱璃が扇を使うのは、外を歩く時と、紅拍子として舞う時だけだ。

「以前に帝から痘痕《あばた》によく効く薬はないかと尋ねられたことがございます。それに朱璃様が大層お美しいという話は聞いておりましたが、鼓濤様の容姿の話になると、帝は何も答えず誤魔化してしまわれます。お優しい陛下は気の毒に思ってお話しになれないのでございましょう？」

痘痕の話は、確か最初の頃、顔を見られないように朱璃が言ってくれたのだ。

そして鼓濤の容姿について何も言えないのは、見たことがないからだ。

「そんな陛下のお優しさにつけ込み同情を買い、料理の上手な薬膳《やくぜん》師を雇って陛下を引き留めていることぐらい分かっておりますわ！」

「そ、そのようなことは……」

あるのか？

少なくとも黎司が料理目当てに鼓濤の許に通ってきているのは確かだ。

嘘と真実が絶妙に混じっていて、反論しづらい。

「さらにはその薬膳師に媚薬《びやく》のようなものまで作らせているのでは、と疑う者もございます。朱璃様も鼓濤様に騙《だま》されておられるのです！」

「び、媚薬など作っていませんよ！」

それは真っ赤な嘘だ。これも雪白との会話の中で作り上げられた嘘なのか。

「ふふ……帝に媚薬。鼓濤様が醜女……。誰がそんな面白い嘘を考えつくのか……」

朱璃はあまりに奇想天外な発想がちょっと面白くなってきたのか、笑いをかみ殺している。

朱璃に笑われて、奏優はかっと顔を赤くした。

「う、嘘ではありませんわ！　その薬膳師の董胡という者の悪事はすべて分かっているのです！　今すぐ董胡をここに連れてきてください！」

「董胡の悪事？　はは……なんですか、それ？」

朱璃はついに声を出して笑ってしまっている。

そういえば最初奏優が部屋に乱入してきた時、董胡を出せと叫んでいた。

「わ、笑いごとではありませんわ！　董胡の悪事の証拠ならあるのですから！」

「証拠？　へえ……どんな？」

奏優は顎《あご》を上げ、ようやく形勢逆転だとばかり声を張り上げた。

「先日の雪白様の診察の折、医師団の中に董胡の姿を見た者がおりますわ」

「！」

董胡はぎくりとして、朱璃ははっと笑いを消した。

「その前に董胡は白虎の后宮を訪ねていました。その時、応対をした侍女が、医師団の中に董胡がいたと申しているそうです。そしてあろうことか、董胡が雪白様の薬湯作りを手伝っていたと。玄武のお后様の専属医官が雪白様の懐妊の診察に紛れ込むなど、悪しき意図があったとしか思えません！　そうでございましょう？」

見られていたのだ。

頭巾《ずきん》と覆布で顔のほとんどを隠していたから大丈夫だと思っていたが、薬湯を煎《せん》じている時に香りを嗅《か》いだり、毒見をしたりしていたので見られていたのかもしれない。

でもそれは尊武が毒を盛らないように確かめていただけなのに。

むしろ雪白を守るために医師団に紛れ込んだというのに。

「どうですか、鼓濤様。鼓濤様が董胡に命じて医師団に紛れ込ませたのでしょう？　そして薬湯にお子を流す薬を混ぜ込んだ。すべては鼓濤様と董胡が仕組んだことです。そして帝に取り入り、媚薬で言いなりにしようとしているのです！　すべてばれているのです！　いいかげん白状なさったらいかがですか！」

奏優は勝ちを確信したように董胡を指差した。

「…………」

董胡はしばし扇の中で頭を抱えて考え込んだ。

この微妙に真実が混じっている濡《ぬ》れ衣《ぎぬ》を、どうやって晴らせばいいのか。

何を言っても雪白を信じて、鼓濤と董胡を悪しき者だと思い込んでいる奏優は納得しないだろう。

けれど鼓濤に対しては辛辣《しんらつ》な奏優だが、帝《みかど》を大切に思っていることは言葉の端々から伝わってくる。黎司にとって害をなす人物ではない。

むしろ敵だらけの王宮で、黎司が僅《わず》かに信じられる一人に違いない。

董胡は大きく深呼吸をしてから尋ねた。

「奏優殿は……どうしたいのですか？　私を罪人にして捕らえたいのですか？」

「え……」

急に尋ねられて、奏優は勢いをそがれたように言葉をなくす。

「私を死罪、あるいは王宮から追放したいのですか？」

「そ、そこまでのことは……いくらなんでも……」

「ですが、もしも奏優殿の話がすべて事実なら、帝の大切なお子を流したのですよ。死罪になっても当然でしょう？　それがお望みなのですか？」

鼓濤にそこまでの破滅を望んでいるなら、それなりに対抗しなければならない。

黎司の信頼できる侍女頭であっても、戦わなければ命さえ奪われる。

「わ、私はお后様の醜聞で帝を穢したくありません。ただ……」

鼓濤様が偽の姫君であっても、そのことをどこかに訴えるつもりもありません。

「ただ？」

「ただ、分相応の行動をして頂きたいのです」

「分相応？」

「卑しき育ちであるなら、尊き帝に近づかないで頂きたい。醜女であるなら、帝の同情心を煽《あお》ってご寵愛《ちょうあい》など望まないで欲しい。偽の后であるなら帝のお子を産んで皇后になろうなどと、ゆめゆめ願わないで頂きたいのでございます」

「な！　なんて無礼な！　何も分かってない者が勝手な！」

王琳が声を上げて反論しようとしたが、董胡は手で制した。

「どうかお願い致します。帝を傷つけぬよう、そっと遠ざかってくださいませ。そして雪白様が再び懐妊することがあれば、今度は邪魔せず受け入れてくださいませ。そうしてくださるなら、今回のことは私の胸に留め置くことに致します。だからどうか……」

奏優は鼓濤にひれ伏して懇願した。

これが奏優の本音なのだろう。

雪白の嘘に翻弄《ほんろう》されて、勝手な思い込みで鼓濤を悪、雪白を善と思い込んでいる。

けれどそんな嘘も思い込みも本当はどうでもいい。

ただ、黎司の害となる姫君を取り除き、相応《ふさわ》しい皇后を立てたいのだ。

すべては帝のため。

若さゆえか浅慮ではあるけれど……。

「奏優殿のお考えは、よく分かりました」

「鼓濤様！」

董胡の返答に朱璃が声を上げた。

「こんな間違いだらけの願いを聞き入れるつもりですか？」

「確かに奏優殿の真実と私の真実は大きく食い違っていますが、帝をお支えしたいという一点だけは同じだということを、まずは覚えておいてください」

奏優は意外にも物分かりのいい鼓濤を警戒するように見つめた。

ともかく一旦《いったん》奏優の話をすべて受け入れて、共通の結論から話を戻していくしかないと董胡は思っていた。

何が真実なのか、お互いの食い違いを一つ一つ正していくしかない。

「帝がお料理を目当てにここに通って来られているのは確かです。奏優殿の思っていらっしゃる通り、ご寵愛などというものではございません。私もよく分かっておりますので、ご安心ください」

「え……。では……」

奏優はほっとしたように表情を和らげた。

「けれど私の許《もと》には通って頂かねばなりません」

「な！」

しかしすぐに疑うように目を吊《つ》り上げる。

「帝の食が細いことは奏優殿も侍女頭ならば気付いていらっしゃるでしょう？　けれど

我が薬膳師の料理だけはよくお食べになります。最近は皇宮でのお食事も少し召し上がるようになられているのではございませんか？」

「そ、それは確かにそうでございますが……」

「もう少しで普通にお食事できるお体になられることと存じます。ですからどうか、お願いでございます」

今度は董胡が奏優に頭を下げた。

「もう少しだけ、帝が私の許に通われることを許して欲しいのです」

「もう少しだけ？」

奏優は怪訝《けげん》な顔で聞き返す。

「私はおっしゃる通り、麗しい陛下には分不相応な醜女《しこめ》かもしれません。いずれ陛下のお体が万全になられれば、足が遠のいていかれることでございましょう。ですのでそれまでの間だけ大目に見ていただけないでしょうか？」

「鼓濤様！」

朱璃は納得いかないように叫んだ。

けれど奏優は大いに満足してくれたようだ。

「よ、ようやくご自分のお立場が分かって頂けたようでございますね。思ったよりも話の通じる賢明な方で良かったですわ。そのように約束して頂けるなら、私も今回のことは目を瞑《つぶ》ることに致します。本当は雪白様のお子が流れてしまったことだけは許せない思いではございますが、鼓濤様もこのように反省しておられるようですし……」

「あなたは何も分かってないですね、奏優！」

朱璃はたまりかねたようにため息をついた。

「な！　どういう意味でございますか？」

「このように帝のためを思い、身を引くことも厭《いと》わない姫君が、雪白様に毒を盛るはずがないでしょう？　帝の大切なお子を流すようなまねをすると思うのですか？」

「で、ですが現に雪白様は、董胡が作った薬湯を飲んでお子を流されたのです」

今では薬湯を作ったのが董胡ということになっている。

こうやって事実は少しずつ書き換えられ、いつの間にか真実とかけ離れてしまうのだ。

「だから！　それが嘘だとどうして思わないのですか!!」

朱璃はいらいらと言い返す。

「ま、まさか！　高貴なお育ちの雪白様が、そんな世間を騒がすような嘘をついたというのですか？　高い地位の姫君は、幼少の頃より自分の言動に責任を持つように育てられております。常識で考えれば、あり得ないことと分かるはずでございます」

奏優の信じる高貴な姫君の常識が、どうしても真実を歪曲《わいきょく》させてしまうらしい。

だめだ。事実の部分を受け入れ譲歩したつもりだが、雪白が正しいという大前提だけは、何があっても覆《くつがえ》らないようだ。

そして鼓濤の素性が怪しいという前提が、それに拍車をかけている。

（高貴な育ちというだけで、そんなに偉いのか……）

董胡にとっては、その盲信こそが非常識に思える。

けれど、高貴な姫君はそれを常識として幼い頃から育てられているのだ。

その常識を覆すのは至難の業だった。

「この期に及んでご自分の罪を棚に上げて雪白様を嘘つき呼ばわりするおつもりですか？　このような方には雪白様が大切なお子を流されて、どれほど悲しんでいらっしゃるか分からないのですわ。しおらしいことを言って、この場だけ誤魔化そうとなさったのね！　危うく懐柔されそうになりましたわ。なんてずる賢い方かしら」

振り出しに戻ってしまった。

もう容赦しないと奏優は声を張り上げた。

「薬膳《やくぜん》師・董胡を出しなさい！　その者を捕らえて白状させますわ！」

こうなったら雪白の嘘をすべて呑み込んで、奏優を納得させるしかないのか。

「捕縛の役人を呼んできますわ！　その薬膳師さえいなければ陛下はこの后宮《きさきぐう》には通って来られないはずですもの。董胡を捕らえればすべて解決するのですわ！」

（やってもない罪を認めて奏優を納得させるしかないのか……）

それはまずい。役人など呼ばれて董胡のことを探られたら面倒なことになる。

けれどその時、茶民が慌てたように戸口で声を上げた。

「鼓濤様！　帝がお見えでございます！」

「えっ!?」

董胡だけではなく、朱璃も禰古も王琳も声を上げた。

しかし誰よりも青ざめたのは奏優だった。

十二、雪白の嘘

菫胡の御簾《みす》は慌てて王琳と壇々が下ろしてくれた。

朱璃は厚畳から降りて、禰古と共に脇に下がる。

そして奏優は焦ったように部屋の後ろに下がりひれ伏した。

当然だが、奏優は黎司に断りなく鼓濤を訪ねていたのだろう。

黎司は茶民に案内されて御座所《おましどころ》に入ると、ぐるりと集まっている人々を見回した。

最後に震えるようにひれ伏している奏優を見て、ため息をついている。

「急に訪ねてきて済まない、鼓濤」

黎司は厚畳に腰を下ろしながら告げた。

「いえ。充分なお出迎えもできず失礼致しました」

菫胡は答えたものの、どういうことか分からず様子を窺《うかが》う。

「朱璃が訪ねていたのだな」

黎司は脇に座る朱璃を見て尋ねた。

「はい。朱璃様とお茶会をしておりました」

厚畳の前には、まだ途中だった蓬《よもぎ》の一口団子が高盆に残っていた。

「せっかくのお茶会に邪魔して済まぬな」

「いえ。どうかお気になさらないでくださいませ」

朱璃が答えた。

そして黎司は一通りの挨拶《あいさつ》を済ませると「奏優！」と呼んだ。

黎司の背後にひれ伏していた奏優はびくりと肩を揺らしている。

「は、はい……」

「そなた、ここで何をしているのだ？　しばらく皇宮から出ることを禁じていたはずだな？」

「も、申し訳ございません。で、ですが……雪白様に文を頂いて……どうしても玄武のお后様のことが許せず……悔しくて……」

「雪白のことは私が処理するからそなたは関わるなと申したはずだったな」

そんなやり取りがあったのだ。

「け、けれど……陛下の大切なお子が流れたと……この玄武のお后様の専属薬膳師が薬湯に毒を盛ったのだと知って……雪白様を助けたくて……」

「子が流れた？」

黎司は驚いたように目を丸くしている。

「お隠しになっても分かっています。それで……朝から雪白様の許《もと》をお訪ねになっていたのでございましょう？」

「…………」

黎司は答える代わりに大きなため息をついている。

「雪白がそのような文を送ってきたのか？」

「はい。けれど雪白様が訴えたところで、陛下はきっと玄武のお后様の言い分を信じて取り合って下さらないだろうと。弱い者は泣き寝入りするしかないのだと書かれておいででした。だから私が鼓濤様の罪を暴いて雪白様をお助けしなければと……」

黎司は困ったように頭を抱え込んでいる。

「奏優。私は子が流れたから雪白の許を訪ねていたのではない」

「え？　でも……。朝から物々しい様子で神官を連れてお出かけになられたので……」

「そうだ。神官と捕縛の役人を連れて白虎の后宮に向かったのだ」

「捕縛の役人？」

奏優は訳が分からないという顔で尋ねた。

「いったい誰を捕縛するために？」

黎司はやれやれと首を振ってから、戸口に向かって声をかけた。

「その者を連れてくるがいい」

戸口の外で待機していた神官が、捕縛の役人を呼んで誰かを引っ立ててきた。

連れて来られたのは、思いもかけない人物だった。

「き、帰莎殿！」

白虎の后の侍女頭・帰莎だった。

捕縛と言っていたが、縄はかけられておらず両腕を摑《つか》まれているだけだ。

だが憔悴《しょうすい》しきった様子で、董胡が最初会った時のような高慢な様子は微塵《みじん》もない。

「な、なぜ帰莎殿が？」

奏優は青ざめた顔で駆け寄った。

「陛下！　なぜ帰莎殿がこんな目に？　まさか帰莎殿に濡《ぬ》れ衣《ぎぬ》が着せられているのですか？　ひどいわ！　誰がそんなことを！」

そして奏優は、はっとして鼓濤の方を見た。

「玄武のお后様ですね。ご自分の罪をすべて帰莎殿に擦《なす》り付けようとしたのですわ。陛下のご寵愛《ちょうあい》をいいことに、すべて帰莎殿のせいにしたのだわ！」

「奏優、落ち着け。なぜそんな話になるのだ」

「陛下！　目を覚ましてくださいませ！　鼓濤様は玄武公の息のかかった素性の知れない姫君ですよ！　恐ろしくぐずる賢く、料理の上手《うま》い薬膳師を自在に扱い、醜女《しこめ》のくせに陛下のご寵愛を得ようとして……」

「醜女？」

黎司はその言葉に引っかかったのか、思わず聞き返した。

「い、いや、今はそんなことはどうでもいい。そもそも私は雪白の懐妊の話など聞いていなかった」

「え？」

奏優は驚いたように固まった。

「で、ですが、それで雪白様の許に行かれたのでは……」

「違う。帰莎を捕らえて話を聞くためだ。今まで刑部局《ぎょうぶ》で取り調べていた。あまりに虚実混在していて時間がかかったのだが、雪白は帰莎を捕らえたものだから慌てたのだろう。そなたに縋《すが》るしかないと、被害めいた文を送ったのだ」

「そ、そんなまさか！　それでは雪白様がすべて悪いような言い方ではないですか！お子をなくしたばかりの姫様にあんまりですわ！」

黎司は全然話が通じない奏優に、困ったようにため息をつく。

そんな奏優を見て、帰莎が震える口を開いた。

「お子など……いなかったのでございます。奏優殿……」

「え？」

奏優は驚いた顔で今度は帰莎を見る。

「いないって……。でも間違いなく懐妊の兆しだと。それなのに玄武の医師団が嘘の診断を下したのだと、帰莎殿が先日文で書いていらしたではないですか」

「はい。確かに雪白様がおっしゃる症状は懐妊の兆しと思われるものばかりで、私もそう信じていました。けれど……嘘だったのでございます」

「嘘？」

だから董胡と朱璃もその話をしようとしていたけれど、どうしてもその結論にたどり着けなかった。

「まさか、そんな……。帰莎殿までそんなことをおっしゃるなんて。雪白様の一番のお味方でなければならないはずのあなたまでお疑いになるのでございますか？　それではあまりに雪白様が気の毒でございます」

まだ奏優の盲信は解けない。

「私も最初そのように申していました。いきなり捕らえられ刑部局に突然連れていかれて、帝《みかど》はきっと玄武のお后《きさき》様に何か吹き込まれてこのような横暴をなさるのだと。雪白様のために、こんな嫌がらせに屈してはならないと思っておりました」

「そ、そうですわ！　私達だけでも屈してはなりません！」

「昼過ぎまで無言を貫いておりましたが、帝がおいでになり雪白様が陛下に何をお話しになっていたのかをお聞きしたのでございます」

「雪白様が陛下に？　いったい何を？」

奏優は啞然《あぜん》としたまま黎司を見た。

「雪白は、奏優と帰莎が二人で共謀して呪具《じゅぐ》を寝所の床下に置いたと私に言ったのだ」

「呪具!?」

奏優はすっかり混乱している。

「な、なぜ私が？　呪具を？　雪白様の寝所に？」

まったく訳が分からないと聞き返した。

「私も最初なんのことかと思いました。けれど帝のお話を伺っているうちに、いろいろおかしいと思っていた疑問の答えが出たような気がしました」

「疑問の答え？」

「ええ。帝にお人払いをさせてお二人でお話しになっておられると思ったら、突然寝所から二人で出て来られて……私はてっきりその……いえ、陛下のご寵愛が雪白様にも向いていらしたのだと、とても嬉《うれ》しく思いました。それから日を空けず通って来られるようになって、玄武のお后様から雪白様にご寵愛が移ったのだと後宮の者達も大喜びで、着物や装飾品などを整え、舞楽を呼んで陛下をお引き止めしなければと思いました」

それで次から次へと贅沢品《ぜいたくひん》を注文していたのだ。

「けれど、陛下はいつも神官をお連れになって、外には物々しい役人も数人お連れで、舞楽をご一緒にと言っても、忙しそうに帰ってしまわれます。雪白様は陛下の深いご寵愛を受けているとおっしゃるのに、どうにもそのように見えず……」

「……」

奏優も思い当たる節があるのか、無言のまま考え込んだ。

「玄武の医師団が来られた時も、私が抗議して麒麟の医師に診てもらおうとしましたのに、雪白様がお断りになられてしまって……」

「えっ⁉　雪白様がお断りになられたのですか？」

「はい。尊武様は麒麟の医師を呼んでもいいとおっしゃったのに、雪白様が強くお断りになられたのです」

「でも雪白様は医師団が聞き入れてくれなかったと……」

「そうなのです。雪白様のお話は、少しずつ嘘が混ぜ込まれ、その嘘を誤魔化すためにさらに嘘が重ねられ、気付けば途方もない嘘に発展していたのです」

「まさか……そんな……」

それでもまだ奏優は信じられないように呟《つぶや》いた。

そんな奏優に黎司が続けた。

「雪白は、そなたと帰莎が呪具をしかけたに違いないと言った。そしてそなたらに気付かれずに、まずは呪具の呪いを祓《はら》って欲しいと頼まれたため、私は連日神官を連れて白虎に通っていたのだ。だからそなたに何も知らせず、皇宮から出ることを禁じたのだ」

「でもそれは……玄武のお后様が告げ口をしたからなのでは……」

「そのことと白虎への出入りを禁じたのは別のことだ」

奏優は青ざめた顔で鼓濤の方を見やった。

「で、ですが……なぜ私と帰莎殿が呪具を仕掛けたなどと？　そんな話をお信じになったのですか？　長年お仕えしていた私のことをそのように……」

奏優は、帝に自分を疑われたことが心外だったようだ。

自分は雪白の言葉に惑わされて鼓濤を疑いまくったくせに、人とは身勝手なものだ。

それには帰莎が代わりに答えた。

「陛下は……雪白様から奏優殿のこともお聞きになっていました」

「私のこと？」

奏優は怪訝《けげん》な顔で聞き返す。

「奏優殿が陛下の侍女頭になられた経緯《いきさつ》ですわ」

「私が侍女頭になった経緯？」

奏優は首を傾げる。帰莎は少し躊躇《ためら》いながら仕方なく口を開いた。

「その……西國の社《やしろ》で、まだ皇太子であられた陛下を見かけて、すっかりお心を奪われておしまいになったとか……」

「え……」

奏優はとんでもないことを暴露されて、かあっと真っ赤になった。

そして黎司と目が合って青ざめる。

好きな人のことを目の前で暴露されて、奏優は「ひゃっ！」と両手で顔を隠した。

「それでお父上に皇太子様の侍女になりたいと懇願されたとか？　その後で自分より格下の雪白様が白虎公の養女になられて帝に嫁がれたことを恨んでおいでなのだと、私も聞いています」

「え？」

奏優は帰莎の話を聞いて、はたと顔を上げた。

「ま、まさか！　ち、違います！　確かに私は西國の社でお見かけした皇太子様が大層美しくて素敵な方だったと、親族の集まりで話したことはあります。そしてお側でお仕えしたいなどとも言いましたが、侍女になることを懇願したりなどしておりません。貴族の娘にそのような勝手が許されると思ってもいませんでしたし」

「違うのですか？」

帰莎も驚いていたが、董胡も驚いた。

「侍女の話は、父から命じられてのことでございます。そういえば……叔父《おじ》君、つまり雪白様の父君から勧められたのだと父は申していました。私がそのように切望して思い詰めているようだと雪白様から聞いたと。私はそこまでのつもりで言ったのではなかったのですが、お仕えできるなら嬉しいと雪白様の配慮をありがたく思ったのです」

「ではご自分からわがままをおっしゃったのではないのですか？」

帰莎が尋ねた。董胡も雪白からそのように聞いていた。

それも雪白の嘘だったのだ。

「わ、私とて貴族の娘としての責任ぐらい分かっております。自分の将来を身勝手に決められる立場でないことぐらい覚悟しております。だから、私は望んだ道を進めて幸せな方だと満足しております。もちろん……その後、雪白様がお后になられると聞いた時は驚きましたし、多少羨《うらや》ましいとも思いましたが、それで呪うだなんて……」

董胡は、はたと気付いた。

もしかして……それも雪白が仕組んだことだとは考えられないだろうか。

どこからか、次の帝の后は親戚《しんせき》筋の姫君を養女に立てるという情報を得て……。

そうなった場合、邪魔なのは自分より格上の奏優だ。

だから父に奏優を皇太子の侍女にするよう進言したとか……。

すべては推測の域を出ないが、充分に有り得そうな気がする。

雪白というのは、浅はかに見えて、思った以上にずる賢い女性かもしれない。

黎司もその可能性に気付いたのだろうか。

一つため息をついてから、口を開いた。

「雪白は、そなたらが自分を呪い殺し、奏優を新たな一の后に立てようと画策しているのだと私に話していたのだ」

「えっ!?　わ、私を？」

奏優はあまりの荒唐無稽《こうとうむけい》さに口を開いたまま呆然《ぼうぜん》としている。

「分かっていると思うが、侍女がどのような経緯を辿《たど》るにせよ、一の后になることなどない。本来は養女を一の后に立てることすら例外のはずなのだ。そなたも分かっているだろう？」

「も、もも、もちろんでございます。そのような大それたこと……」

「格式を重んじるそなたがそんなことも分からぬはずはないと思っていた。だから雪白の話はおかしいと、今朝、不意打ちで帰莎を捕らえて話を聞くことにしたのだ」

「まさか……すべて雪白様が………」

奏優はようやく目が覚めたように、がっくりと膝《ひざ》をついた。

「では……雪白様のお子が流れたというのは……」

「子などいない。いるはずもない。典医寮の医師団の診立ては正しい。もちろんだが、鼓濤が薬膳《やくぜん》師を使って毒を盛ったせいで、子が流れたなどという事実もあるはずがない。そもそも子がいないのだからな」

「………」

奏優はまだ口を開いたまま、鼓濤の御簾《みす》に視線を移した。

そしてしばし呆然としてから、思い出したようにがばりとその場にひれ伏した。

「こ、鼓濤様、申し訳ございません！　お后様にご無礼の数々を……。どのような処罰も覚悟しております。どうかお后様のお気が済《す》むように私を成敗してくださいませ！」

一番信頼する黎司の言葉で、ようやく雪白への盲信が解けたようだ。

そして帰莎も奏優の隣にひれ伏して謝った。

「我が姫君が玄武のお后様にご迷惑をおかけしたこと、深くお詫《わ》び致します。私もどのような処罰も覚悟しております。どうかお気の済むようお命じくださいませ」

こうして誤解が解けると、二人とも主人思いの誠実な侍女達だった。

そこで董胡は帰莎に気になっていたことを尋ねてみた。

「帰莎殿。我が薬膳師が白虎の后宮を訪ねたおり、下働きの従者達に鞭《むち》で打たれたような痕《あと》があり、みな一様に怯《おび》えているようだったと申しておりました。もしもそのようなことが横行しているなら、同じ后宮として見過ごすわけには参りませんが……」

帰莎は、はっと青ざめた様子で顔を上げた。

「そ、それは……雪白様のご実家の方針で……。下働きはそのようにしつけなければ侮られると仰せでして……。下々の者達は慣れ合うとすぐに主人の悪口を話し合うので、無駄口を叩《たた》いている者は鞭で必ず打つようにと……」

それで董胡と話した侍女が青ざめていて、鞭で打たれたのだ。

帰莎が勝手にやっているのではなく、これも雪白の指示だった。

いつも誰かの悪口を言っている人というのは、他人も同じことをしていると思い込んで疑心暗鬼になってしまうのかもしれない。

「帰莎殿。あなたはそれで喜んで従者達を鞭打っていたのですか？」

「い、いえ！　私は……そんなこと……したくなかったのですが……」

帰莎は口ごもったまま、苦しそうに俯《うつむ》いた。

黎司も思い出したように尋ねた。

「そういえば雪白の腕にも鞭で打たれた痕があったが、そなたがやったのか？」

帰莎は驚いてぶるぶると首を振る。

「ま、まさか！　お后様を鞭で打つなど……できるわけがございません！」

これも嘘だった。

おそらく自分で自分の腕を鞭打って同情を引こうとしたのだろう。

董胡は大きく息を吐いてから告げた。

「帰莎殿。侍女頭とは后の言いなりになるためにいるのではありません。ご自分がおかしいと思うことはきちんと意見して良いのですよ。今回のことも、聡明《そうめい》な帰莎殿ならば、何かおかしいと感じることが幾度となくあったはずです」

「はい……。思い返してみれば、雪白様の許《もと》で仕えるようになってから、本当は腑《ふ》に落ちないことがたくさんありました。ですが、お后様の侍女頭という大役に選んで頂き、なんとか認めてもらいたいという気持ちが先に立ち、また帝《みかど》のお子を身ごもったという雪白様の言葉を信じたくて、自ら目を瞑《つぶ》ってしまったのかもしれません」

人は自分の信じたいものを信じる生き物だ。

一度その罠《わな》に嵌《はま》ってしまうと、なかなか間違いに気付けないものらしい。

「一つだけ、私も白状致しましょう」

董胡は告げる。

「雪白様を診察する医師団に私の薬膳師も確かに紛れていました」

「え！」

奏優と帰莎だけでなく、黎司も驚いた顔をしている。

後で掘り起こされて妙な誤解を与えないためにも、正直に話しておいた方がいいと思った。

「けれど奏優殿が疑っていたように子を流す薬を盛るためではありません。信じるかどうか分かりませんが、むしろ毒を盛られないように見張るためでございました」

「な、なぜ玄武のお后様が雪白様のためにそこまでして？」

奏優が解せないというように尋ねた。

「帝の大切なお子を、万が一にも悪意ある者が流さぬようにでございます」

悪意ある者とは尊武のことだが……。

「まさか……。寵《ちょう》を争うお后様がそのようなこと……」

帰莎は信じられないという顔で呟《つぶや》いた。

「信じなくとも結構です。何を信じるかは、貴族であろうと平民であろうと、誰もが平等に与えられた唯一の自由です。それが個人の人となりを形作っていくのだと思っています。だからその自由だけは誰にも奪われてはならない。私は自分の信じる事実を述べただけです。どの事実を信じるかはあなた達の自由です」

「………」

奏優と帰莎は、言葉をなくしたまま鼓濤の方を見ていたが、やがて観念したように同時にひれ伏した。

◆

結局、奏優と帰莎は三日間の謹慎を言い渡され、刑部局の謹慎部屋で反省しながら過ごすことになった。

けれど鼓濤の口添えもあり、二人とも謹慎した後は元の場所に復帰できた。

雪白の処分については、今回は保留ということになっている。

一の后を罰するとなると、殿上会議にかけて白虎公も関わる大事《おおごと》になってしまう。

そうなると后の醜聞は広まり、貴族達の皇帝への不信感にもつながりかねない。

帰莎に雪白を充分に監視するように言い渡し、序列の筆頭となって注文した贅沢品《ぜいたくひん》はすべて没収ということで決着をつけることとなった。

その後の雪白は、帰莎から厳しく叱られ大いに反省しているという文を鼓濤と黎司に送ってきた。

文面のほとんどは帰莎に指導されたのか、非常に謙虚で深く謝罪していたものの、最後に今回のことで自分がどれほど心を塞《ふさ》いで苦しい思いをしたかを滔々《とうとう》と述べ、もう儚《はかな》くなってしまいたいなどと自死を仄《ほの》めかすような一文をわざわざ付け足していた。

どこまでいっても雪白は被害者意識から抜け出せないようだ。

雪白とはもう関わらないでおこうと、さすがの董胡も距離を置くことに決めた。

「此度《こたび》は私の至らぬ行動のために陛下にも多大なご迷惑をおかけしましたこと、深くお詫び致します。今後は行動を慎み、侍女頭としての仕事に邁進《まいしん》する所存でございます」

奏優は謹慎から戻ってくると、黎司の前にひれ伏し、深く詫びた。

「うむ。今後は雪白の許へ出入りすることは禁ずる。そなたも皇帝の侍女頭であるならば、同じ出自の者を贔屓《ひいき》することなく、公平な立場であるよう肝に銘じておくことだな」

「はい。軽率な行動をしましたことを深く恥じております。玄武のお后様にも改めて申し訳なかったと謝罪の文を出させて頂きました」

黎司は肯《うなず》いた。鼓濤からも文を受け取ったと聞いている。

「鼓濤だから許してもらえたのだと思うがいい。もしも融通の利かぬ姫君であったなら、とんでもない濡《ぬ》れ衣《ぎぬ》を着せられたと腹を立て、王宮からの追放も充分有り得たのだからな。そんなことになれば、玄武と白虎の問題に発展していたかもしれぬ」

問題が大きくなれば、白虎は体面を保つために雪白の嘘さえ本当だと言って担ぎ上げる事態になっていたかもしれない。

どんな嘘も権力者によっていくらでも事実に書き換えられるのだ。

「はい……。あの……私は玄武のお后様のことをずいぶん誤解していたようでございます。偽姫という話を聞いて、もっと素性の知れぬ下品で教養のない姫君だと思っていました。けれど……驚くほど聡明で慈悲深く落ち着きのある方でございました」

事実を知った後で思い返してみると、非常識な自分の態度にも腹を立てることなく、終始冷静で英明な判断をくだす鼓濤は見事であったと、奏優は改めて感服していた。

「うむ。そうであろう。分かってくれたならそれで良い」

「身分が怪しくとも、あのような方が皇后になられるべきなのかとも思いました」

「皇后か……」

黎司は遠い目をする。

実際はまだ顔すら見ていないのだ。

「けれど……醜女《しこめ》というのが残念でございます。麗しい陛下のお隣に立つならば、やはり朱璃様ほどの美貌《びぼう》でないと見劣りしてしまいますから。朱璃様の美貌と、鼓濤様の聡明な落ち着きがあれば申し分ないのでございますが……」

奏優は残念そうに呟く。

（奏優は鼓濤の顔を見たのか……）

「そなたから見て、鼓濤はそんなに……」

顔を見られたくないほどの醜女なのだろうか……と聞いてみたかった。

朱璃のような類稀《たぐいまれ》な美姫と見比べられることを恐れているのかもしれないが、それ以上に聡明さを宿すであろう鼓濤の顔を見てみたい。

その思いはどんどん募っていた。

「え？　鼓濤様が何でございますか？」

奏優に聞き返されて、黎司は誤魔化すように言い直した。

「いや……。鼓濤を醜女と言うのをやめよ。そなたが言うと尾ひれのついた噂になることを思い知ったはずだろう」

「は、はい！　失礼致しました」

奏優は恐縮して、慌てて頭を下げた。

「私自身は……身分も美醜もどうでもよいのだがな……。堅苦しい立場をすべて捨てて本心から愛《いと》おしいと思う相手を選ぶことができたなら……誰を選んでいたのか……」

「陛下？」

奏優が不思議そうに見つめる。

「いや……愚問だったたな。そなたが貴族の姫君の責任を負うているように、私も国を治める皇帝の責任を負うている。選べる相手は最初から決まっているのだからな」

「どなたか……心に秘めるお方がいらっしゃるのでございますか？」

奏優に問われ、黎司はふっと笑った。

「いや……戯言《ざれごと》だ。どうあがいても叶《かな》わぬことを、いくら考えても仕方がないことだった。忘れてくれ」

黎司は自分に言い聞かせるように寂しげに告げて、ある決意を固めていた。

◆

同じ頃、后宮《きさきぐう》の御座所《おましどころ》でもしたたかに計画を練る者達がいた。

「それにしても雪白様とは想像以上に問題のある方のようですね、菫胡」

「はい。危うく捕らえられるところでした。朱璃様がいてくださって助かりました」

「いえいえ。それにしてもこの一口桜餅《さくらもち》は美味《おい》しいですね。何個でも食べられます」

朱璃は菫胡が手土産に持ってきた桜餅を、すでに十個ほど食べている。

先日のお茶会が奏優の乱入で台無しになってしまったので、今度は朱雀の后宮でやり直していた。今回は鼓濤姿ではなく、菫胡として来ている。

「この塩気のきいた花茶との組み合わせが最高ですね。うん、美味しい！」

湯呑《ゆのみ》の中は桜色に色づいているが、残念ながら庭の桜は昨夜降った雨でほとんど散ってしまっていた。地面に散った花筵《はなむしろ》を愛《め》でる花見だ。

「さて、桜も散ったことですし、我らもそろそろ動き出すことにしましょうか」

朱璃は花茶をすすり一息つくと、不穏な微笑みを浮かべた。

「本当に白虎に行けるのですか？」

「もちろんですよ。すでに父上様には話が通っています。紅拍子の舞団と軽業師の芸団、それに赤軍《せきぐん》の護衛までつけてくれると言っています」

「赤軍⁉」

赤軍は朱雀の公軍で、朱雀公である朱璃の父の命で動く軍だ。

「道中は絢爛《けんらん》豪華な牛車《ぎっしゃ》と赤錦《あかにしき》で飾る舞団と護衛で、煌《きら》びやかな后行列を作って参りましょう。後々、絵巻で語られるほどの雅《みやび》な行列となることでしょう。ふふふ」

いつの間にか、話がさらに大きくなってしまっている。

「あ、あの……お忍びで子宝祈願に行くのでは……」

董胡は舞団の行列にこっそり随行させてもらうぐらいに思っていた。

「お忍びなどと言っても、結局は行列を作るのです。それならば盛大に行列を作った方が安全というものです」

「ですが……」

董胡としては白龍に会うことが目的で、実際は子宝祈願をするわけではない。

しかし朱璃は悪びれた様子もなく告げた。

「これは帝《みかど》のためでもあるのですよ、董胡」

「帝のため？」

「ええ。我ら后が壮大な后行列を作って子宝祈願に詣《もう》でるということは、現皇帝の治世が安定してきたことを民に知らしめる恰好《かっこう》の演出となるでしょう」

「演出……」

「そうです。国が豊かであること、后達と円満であることを見せつけるのです。そして現皇帝の世継ぎを期待する気運を、民の中に広く植え付けるのです」

　言われてみれば、確かにそういう側面を持つことになるかもしれない。

　こんな風に言われると、黎司も認めざるをえないだろう。

　それにしても朱璃の意気込みは尋常ではない。

「そうと決まったら、我らの本気を帝に見せつけるのですよ、董胡」

「本気？」

　董胡は首を傾げて聞き返した。

「雪白様の懐妊騒ぎでどれほど鼓濤様が傷ついたか、嫌みたっぷりに言うのです。そして子宝祈願をしたいのだと、しっかり訴えてくださいね」

「えっ!?　私が？」

「もちろんですよ。私が言うよりも鼓濤様が訴えた方が帝も心を動かされることでしょう。その他の后行列については、私がすべて首尾を整えますから」

　そんな話だっただろうか。

　朱璃が黎司を半ば脅して了解させるという話ではなかったのか。

「あの……私は白龍様を捜したいのであって子宝祈願に行くわけでは……」

　董胡はおずおずと朱璃に告げてみる。

「なにを言っているのですか！　白虎から戻ったら陛下にすべて打ち明けると約束したでしょう？　そうして名実ともに鼓濤様は后となられ、いずれは世継ぎを産み皇后となるのです」

「いえ、私は正体を明かすと言っただけで、そこまでのことは……」

朱璃の中だけで話はとんとん拍子に進んでいるらしい。

「子宝祈願ももちろん行きますよ。私も鼓濤様に子宝が授かるように全身全霊で祈願するつもりです」

「いえ、朱璃様も同じ后なのですから、ご自分の祈願をしてください」

わざわざ他の女性の子宝を祈る后など普通はいない。

「それよりも、戻ったらいつ陛下に打ち明けますか？　その節は、是非とも私も同席させてくださいね。ふふふ。まさか寵愛《ちょうあい》する后が董胡だと知ったなら……陛下はどんな顔をするでしょうか？　私はもうそれを考えただけで楽しみで楽しみで……」

「あの……朱璃様……」

「どうせなら、もっと甘美な演出はできないものでしょうか。そうだ！　私が場を整えて差し上げましょう。趣向を凝らして一生忘れられないような名場面を作り上げましょう。どうぞすべて私にお任せください」

妄想が膨らみ過ぎて、全然人の話を聞いてくれない。

「や、やめてください。私は陛下に失望されて嫌われてしまうのではないかと恐れているというのに、名場面になどなるわけがありませんよ」

「いいえ。安心してください、董胡。白虎への道中で私が殿方を虜《とりこ》にする所作など、もろもろ厳しく指南して差し上げます。白虎から戻った頃には誰もが一目で魅了されてしまう麗しい美姫となっていることでしょう。磨き甲斐《がい》のある逸材ですからね。そちらも楽しみで、このところ眠れぬ日々が続いております」

それで尋常でない意気込みを見せていたのだ。

「いえ。ですから私は白龍様を捜しに行くために……」

「ああ。あのすまし顔の陛下が、私の磨いた鼓濤様を見て、一撃で恋に落ちてしまわれる様が目に浮かびます。そうだ！　来たる日の衣装も用意しておかなければ！　呑気《のんき》にお茶会などしている場合ではありませんでした。さあ董胡もすぐに旅支度を始めてください。それからしっかり拗《す》ねてみせて、陛下から子宝祈願の許しをもらってくださいね。任せましたよ」

「む、無理ですよ。私が頼んでも許してくださいませんよ」

朱璃はわざと鼓濤に言わせようとしているのだ。

絶対面白がっている。その証拠に……。

「しょうがないですね。鼓濤様が頼んで無理なら、私が嫌みたっぷりに脅して許可を得て差し上げますから、まずは鼓濤様にお願いしますね」

それなら最初から朱璃が言ってくれればいいと思うのに、鼓濤に言わせたがっている。

「うふふふ。楽しみになってきましたね、董胡」

わくわくと目を輝かせる朱璃を前に、董胡は嫌な予感しかしない。

相談する相手を間違えたかと一抹の不安を覚えていた。

十三、黎司の決意

董胡と朱璃がひそかに白虎行きを企てていた頃、皇宮の一室には珍しい人物が呼び出されていた。

「相変わらず、すげぇ豪華さだな」

皇宮の中でも一番小さな一室だが、それでも襖《ふすま》の煌びやかさといい、畳の足触りといい、置かれた調度品の塗りの美しさといい、すべてが最上級だと分かる。

この部屋に呼び出されたのは何度目だろうか。

「けど、今回は俺一人ってどういうことだろう？　偵徳先生は前回体調を悪くしたから、今回は呼ばれなかったのかな？」

落ち着かない場所で一人拝座のまま待っているのは楊庵だった。

ここは麒麟の密偵が呼ばれる隠し部屋のような場所だ。

「今度はなんの仕事だろう。董胡が関係しないなら、俺はやりたくないんだけどな」

いつも、ここで待っていると印象の薄い神官が仕事内容を告げにやってくる。

不思議なことに何度会っても、何度話しても印象に残らない。

今度こそは顔を覚えておこうと思うのに、部屋を出たら忘れてしまっている。

「くそう。今日こそは顔をじっくり見て覚えてやるぞ」

そんなことを考えていると、襖の一つが開いた。

慌てて拝座のまま頭を下げたが、こっそり横目で見る。

今日はなぜだか二人いるようだ。

しかもいつもの神官よりも質のいい緋色《ひいろ》の袍《ほう》服を着ている。

さらに後ろの人物は、見事に織り込まれた襷襟《たすききえり》を幾重にも垂らしている足元が見えた。

（え？　誰だ？　いつもの神官じゃないのか？）

いつもの神官はこんな目立つ袍服ではなかった。

優雅に歩く人物は、楊庵の前にある厚畳の上に座ったようだ。

そしてもう一人が厚畳の脇に座って告げた。

「皇帝陛下、直々のお出ましである。失礼なきようお言葉を頂くように」

「えっ!?」

楊庵は俯《うつむ》いたまま思わず叫んでいた。

（な、なんで皇帝が直々に？）

訳が分からなかった。そしてさすがに緊張してきた。

「先だっての青龍でのそなたの活躍は陛下もお聞きになり、そなたに褒美を与えたいとの思《おぼ》し召しであられる。謹んで受けるがよい」

（褒美⁉　すげえ、俺。陛下に直々に褒美をもらえるなんて。董胡のやつに自慢できるぞ。万寿のやつにも……いや、あいつには言えないんだった）

楊庵は心の中で舞い上がっていた。しかし。

「楊庵。久しぶりだな」

皇帝からかけられた言葉にきょとんとする。

（久しぶり？）

当然だが皇帝に会った記憶などない。

平民の楊庵が簡単に会えるような相手ではない。

「顔を上げよ、楊庵」

皇帝に告げられて、楊庵は恐る恐る顔を上げてみる。そして。

「！」

目を丸くしたまま、しばし固まった。

「私を忘れたか？　五年前、斗宿で会っただろう？」

黎司は気さくな笑顔で尋ねた。

「お、お前は……。あの時の高慢ちきな貴人……」

横に控えていた翠明が「おほん！」と窘《たしな》めるように咳払《せきばら》いをした。

「あ！　いや、す、すみません。でも……」

「その高慢ちきな貴人が今は皇帝などと名乗っている」

「そ、そんな……まさか……」

「信じたくないだろうが、事実だ。こんな皇帝で済まぬな」

「………」

楊庵は言葉を失《な》くしたまま黎司を見つめた。

背も伸びて、皇帝の威厳を感じさせる青年だが、確かに五年前の面影も残っている。

「じ、じゃあ……今まで俺に密偵の仕事を与えていたのは……」

「黙っていて悪かった。すべて私が命じていた」

そして楊庵は重大なことに気付いた。

「董胡は？　じゃあ董胡のことは……」

「董胡にも少し前に身分を告げた。いずれそなたにも正体を明かさねばと思っていたが、私の勝手な判断で今回そなたを呼ぶことにしたのだ」

楊庵はそれを聞いて動揺を隠せなかった。

「な、なんだ……。じゃあ……董胡は……五年前のレイシ様にとっくに会ってたってことか。な、なんだよ。道理で最近レイシ様のことを言わなくなったと思ってたんだ。以前はあれほどレイシ様の薬膳《やくぜん》師になるって騒いでいたくせに。はは……俺だけが知らなかったってことか……なんだよ、それ……」

だんだん声が小さくなる。

「済まない。私の尋常でない立場ゆえに、董胡にもまだしばらく内緒にしておくように頼んでいた。董胡もそなたに言えず辛《つら》かったことだろう」

「……………」

楊庵は俯いたまま黙り込んでいた。

おそらく相当な身分の貴人だろうとは思っていたが、まさか皇帝だとは思ってもいなかった。そしてこんなに身近にいるなんて……。いや、そんなことよりも……。

董胡がすでに『レイシ様』と出会っていたことが複雑だった。

「道理で……俺なんか眼中になかったわけだ……はは……」

董胡がどれほど『レイシ様』を想い焦がれていたか、一番近くで見ていた楊庵ほど知っている者はいない。

できることなら一生再会しないでくれたらいいのにと、楊庵はずっと思ってきた。

それなのに、自分の知らぬ間にすでに再会していた。しかも……。

五年前よりもさらに麗しく逞《たくま》しくなった姿で……。

(俺なんかが敵《かな》いっこないじゃねえか……)

「今日そなたを呼んだのは聞きたいことがあったからだ」

黎司は楊庵の動揺を知りながら、話を進めた。

「そのために董胡にも言わず呼んだ。正直に答えて欲しいのだ、楊庵」

「……………」

楊庵は茫然《ぼうぜん》自失のまま黎司を見上げた。

「董胡は……女性なのだろう？」

「！」

ぼんやりしていた楊庵は、その言葉で我に返った。

「董胡は私に五年前のまま男性医師だと告げている。だが……違うのであろう？」

「………」

楊庵はこの時になってようやく、董胡が男性だと思われていたことに思い至った。

黎司は男だと思い込み、董胡もそのように振る舞っていたのだと。

玄武の后《きさき》の薬膳師であるならば、そう言うしかないだろう。

女性であることを知られてしまえば、医師免状も剝奪《はくだつ》され、どんな罰を与えられるか分からない。

「ち、違う。董胡は……男だ……」

黎司は楊庵を見つめた。

「楊庵。董胡が女性だと知ったところで、私はそれを問い詰めるつもりはない。もちろん薬膳師の職を取り上げるつもりもない。むしろ守りたいと思っている」

「違う。董胡は……男だ。男性医官だ」

楊庵は青ざめた様子で言い続けた。

「楊庵。このまま隠し通せると思うのか？　いずれ気付く者が現れる。そうなった時、董胡を守るために手を打っておきたいのだ。そのために、内緒でそなたを呼んだ」

「内緒で……？」

「董胡には私が気付いていることは言わない。そなたも私と会ったことは言うな」

「董胡に……言わないのか？」

「言わない。董胡が言いたくないのであれば、私は知らないふりをし続ける。だがおそらく気付いている者がいる」

「気付いている者？」

「玄武公の嫡男、尊武だ」

「尊武様!?」

楊庵は青ざめた。

偵徳が恨み続けてきた恐ろしい男の名だった。

「私は董胡の青龍行きを止めようとした。けれど董胡は頑として行くと言って聞かなかった。なにか行かざるを得ない理由があるような気がしていた。それで気付いたのだ。おそらく、尊武は董胡が女性だと知り、半ば脅迫のようにして連れて行ったのだと」

「では董胡が尊武様に脅されていると……」

「断定はできないが、董胡は青龍に行かなければ私の前から姿を消すと言った」

「姿を消す……」

「おそらく女性だと知られたら、もう私の前にはいられないと思っているのだろう」

「…………」

確かにそうかもしれないと楊庵は思った。

「残念ながら今の法では、董胡が女性であることが露見すれば薬膳師の職を失くすことは間違いない。その上、性別を偽り后の専属医官を務めていたとなると、場合によっては大きな処罰が下されるかもしれない」

「そんな……」

楊庵は、董胡と黎司の関係に嫉妬《しっと》している場合ではないと気付いた。

「だが、私は今、女性だけの麒麟寮を作ろうとしている。それができれば、女性が医師の免状を取ることも可能になる。董胡もいずれ改めて女性医師として薬膳師の仕事を続けられるようにしたいと思っている」

「女性医師……そんなことが？」

「やる。必ずやってみせる。それが……私のために性別を偽ってまで薬膳師になろうとしてくれた董胡への恩返し、そして償いだ」

「じゃあ……董胡を処罰したりしないのですか？」

「当たり前だ。私はどれほど董胡に助けられてきたことか。それに董胡にはこれからも薬膳師として多くの人を救って欲しいと思っている」

「多くの人を？　でも……董胡は『レイシ様』の薬膳師になりたいのですよ」

「もちろん……私もそうなってくれればどれほど嬉《うれ》しいかと思っている。だが、まだ伍尭國の法はそんなことを許してくれない。それに……董胡は私が女性だと知った後でも、私の側にいてくれるだろうか？」

「それは……」

「やはり私の前から消えてしまうのではないかと思っている。私はそれが怖いのだ」

楊庵は本気で怖いと思っているらしい皇帝を見つめた。

「だからそなたに頼みたいのだ、楊庵」

「俺になにを……」

楊庵はごくりと唾《つば》を呑《の》み込んだ。

そして黎司は宣言するように告げた。

「そなたを今日から董胡専属の密偵に任命する。どのような時も董胡を守り、万が一にも女性とばれて危険な目に遭いそうになったなら、急いで王宮から逃げて麒麟の社《やしろ》に匿《かくま》って欲しい。とりわけ尊武の動向に気を付けて見張ってくれ」

「俺を……董胡専属の？」

「この木札をそなたに託す」

黎司は懐から金の縁飾りのついた木札を取り出した。

裏には麒麟の意匠が繊細に彫られ、表には大きく『黎』と彫られてある。

「これは私が出す最強の木札だ。これを見せれば伍尭國中のどんな門も自在に行き来できる。そして麒麟の社で見せれば、どんな時も無条件に受け入れてくれるはずだ。ただし、それだけ強い木札ゆえに、むやみに使うことはできない。本当に困った時に使って欲しい」

「これを俺に？」

「この木札を渡すということは、そなたはもう自由の身になったということだ。そなたが私の密偵をやめて王宮から出たいならば、それを見せれば簡単に外に出られるだろう」

「自由の身……」

楊庵は黎司から金の縁飾りがまばゆい木札を受け取った。

「そして……董胡が女性であることを隠すのが苦しくなって王宮から出たいと言ったなら、二人で出ることもできる。そうしてどこかの麒麟の社で暮らすことも可能だ。もしも二人で治療院や薬膳《やくぜん》料理の店でもやりたいと思ったなら、麒麟の社でこの木札と引き換えに必要な金子《きんす》を受け取るがいい。そして穏やかに暮らしていくこともできるだろう」

「董胡と二人で……？　俺が？」

楊庵は戸惑うように黎司を見た。

「もちろん董胡が望めばだ。すべては董胡の意志で決めて欲しい。玄武の后宮で薬膳師として暮らすなら、もちろん私も董胡を守るつもりだ。だが、女性であることがばれたり、隠し続けることが苦しくなるようなら、皇帝である私は共に王宮から逃げるわけにもいかぬ。私にできることは、そなたに董胡の安全を託すことだけだ」

「俺が董胡を……」

楊庵は木札をぎゅっと握りしめた。

に王宮にだって董胡を捜すために生きてきたんだ。当然だ」

「お、俺はそもそも董胡を守るために生きてきたんだ。王宮にだって董胡を捜すために入った。だから、あんたに頼まれなくても守るさ。当然だ」

楊庵には当たり前過ぎて、あえて問われる必要もなかった。

「でも……」

楊庵は、これだけは尋ねずにはいられなかった。

「でも……もしも……董胡が……。女としてあんたの側にいたいって思っていたらどうするんだよ？　それでも女だとばれたなら、王宮から追い出すのか？」

楊庵には董胡の本心は分からない。

ただ単に薬膳師として黎司の側にいたいだけかもしれない。

でも、もしも……。

もしも董胡が女性として黎司を好いているのなら……。

「…………」

黎司は無言のまま考えていた。

苦しそうに目を瞑《つぶ》り、やがて何かを振り払うように再び目を開いた。

「何度も言っているだろう。私は伍尭國の皇帝なのだ」

そして寂しげに瞳《ひとみ》を翳《かげ》らせて続けた。

「私にはすでに四人の后《きさき》がいる。多少の例外はあるが、伍尭國で最上位の身分を持つ貴族の姫君達だ。そんな私が平民の娘を側室に迎え入れたならどうなると思う？」

「それは……」

「先日も后同士の諍《いさか》いが起こったばかりだ。貴族同士であってもいつ毒を盛られるか分からない危険の中で暮らしている。平民の娘など、どのような扱いを受け、どのような嫌がらせを受けるか想像に難くない。いや、私が寵愛《ちょうあい》などすれば、命を狙われて一年と生きてはおれぬだろう」

「まさか……」

楊庵には想像したこともない愛憎の世界だった。

「私が皇帝である限り、女である董胡を幸せにすることはできないのだ」

「…………」

そう告げる黎司は、まるで皇帝であることを放棄したがっているかのように思えた。

「だから楊庵。そなたに託すのだ。董胡が望むままに、どうかずっと守り続けて欲しい。董胡が王宮を出て、私の手が届かないところに消えてしまったとしても」

黎司はそうして楊庵に頭を下げた。

「どうか……頼む」

董胡の知らぬところで二人の男達が交わした密約が、新たな波瀾《はらん》を巻き起こそうとしていた。

本書は書き下ろしです。

皇帝《こうてい》の薬膳妃《やくぜんひ》

白虎《びゃっこ》の后《きさき》と桜《さくら》の恋慕《れんぼ》

尾道理子《おのみちりこ》

令和6年 5月25日　初版発行

発行者●山下直久

発行●株式会社KADOKAWA
〒102-8177　東京都千代田区富士見2-13-3
電話　0570-002-301（ナビダイヤル）

角川文庫 24172

印刷所●株式会社暁印刷
製本所●本間製本株式会社

表紙画●和田三造

ISBN 978-4-04-114931-7　C0193

◇◇◇

角川文庫発刊に際して

角川源義

第二次世界大戦の敗北は、軍事力の敗北であった以上に、私たちの若い文化力の敗退であった。私たちの文化が戦争に対して如何に無力であり、単なるあだ花に過ぎなかったかを、私たちは身を以て体験し痛感した。西洋近代文化の摂取にとって、明治以後八十年の歳月は決して短かすぎたとは言えない。にもかかわらず、近代文化の伝統を確立し、自由な批判と柔軟な良識に富む文化層として自らを形成することに私たちは失敗して来た。そしてこれは、各層への文化の普及滲透を任務とする出版人の責任でもあった。

一九四五年以来、私たちは再び振出しに戻り、第一歩から踏み出すことを余儀なくされた。これは大きな不幸ではあるが、反面、これまでの混沌・未熟・歪曲の中にあった我が国の文化に秩序と確たる基礎を齎らすためには絶好の機会でもある。角川書店は、このような祖国の文化的危機にあたり、微力をも顧みず再建の礎石たるべき抱負と決意とをもって出発したが、ここに創立以来の念願を果すべく角川文庫を発刊する。これまで刊行されたあらゆる全集叢書文庫類の長所と短所とを検討し、古今東西の不朽の典籍を、良心的編集のもとに、廉価に、そして書架にふさわしい美本として、多くのひとびとに提供しようとする。しかし私たちは徒らに百科全書的な知識のジレッタントを作ることを目的とせず、あくまで祖国の文化に秩序と再建への道を示し、この文庫を角川書店の栄ある事業として、今後永久に継続発展せしめ、学芸と教養との殿堂として大成せんことを期したい。多くの読書子の愛情ある忠言と支持とによって、この希望と抱負とを完遂せしめられんことを願う。

一九四九年五月三日

皇帝の薬膳妃

紅き棗《なつめ》と再会の約束

尾道理子

〈妃《きさき》と医官〉の一人二役ファンタジー！

伍尭國《ごぎょうこく》の北の都、玄武《げんぶ》に暮らす少女・董胡《とうこ》は、幼い頃に会った謎の麗人「レイシ」の専属薬膳師になる夢を抱き、男子と偽って医術を学んでいた。しかし突然呼ばれた領主邸で、自身が行方知れずだった領主の娘であると告げられ、姫として皇帝への輿入れを命じられる。なす術《すべ》なく王宮へ入った董胡は、皇帝に嫌われようと振る舞うが、医官に変装して拵《こしら》えた薬膳饅頭が皇帝のお気に入りとなり——。妃と医官、秘密の二重生活が始まる！

角川文庫のキャラクター文芸

ISBN 978-4-04-111777-4

毒母の息子カフェ

尾道理子

カフェの看板メニューは、名物店員!?

1歳の時に母を亡くし、父と二人暮らしの祠堂雅玖《しどうがく》は、受験に失敗し絶望する。希望ではない大学に入るもなじめず、偶然訪れたカフェで、女装姿の美青年オーナー、土久保《どくぼ》覇人《はひと》に誘われ住み込みバイトを始める。一筋縄ではいかない個性を持つ店員達に戸惑いながらも、少しずつ心を開く雅玖。仲間達に背中を押され、必死に探し求めた母の真の姿は、雅玖の想像とはまるで違っていて……。絆で結ばれた息子達の成長ストーリー！

角川文庫のキャラクター文芸

ISBN 978-4-04-109185-2